弒陽

壬生狐 著

「球陽」乃琉球的美稱，也是琉球國其中一部漢文官修編年史《球陽記事》之通稱。一七四三年，第二尚氏王朝十三代國王尚敬於久米村設立漢文組，授命正議大夫鄭秉哲（伊佐川親雲上佑實）、都通事蔡宏謨（久高親雲上克定）等著手編纂《球陽》。此書於兩年後完成，記錄了歷代國王治績、經濟民生、社會風俗、自然災害、外交關係等，並由後世史官持續編寫，截至尚泰王二十九年（一八七六年）琉球遭日本兼併前方中止。

目次

序章・四條河灘 7
二章・六月梅雨 30
三章・野火不盡 74
四章・締盟之血 108
五章・狼烽蔽月 146
六章・甕中之鱉 194
七章・窮鳥亂飛 237
終章・歸去來兮 283
後記 298

序章・四條河灘

動盪不安的時局下，惟有溫柔鄉令人舒心。入夜後的花街聚滿劍客，然而道不同者集中起來，意外亦會頻生。

看，對面那家店有人鬧事了。

鐺鎯——

「哦沙啊傢伙，別狗仗主人勢！僕啦啊土佐藩士可是願意爲陛下捨生的武士喫！」

「甚麼？哦咩說甚麼？」

「兩位客官，請息怒！請息怒啊！」

番頭[1]夾在兩人中間，手足無措地勸道。

「要開打咯？」

半次郎掀起「万亭」玄關的暖簾問。

「我看那會津人是眞的不明白對方在說甚麼。」一直守在店門的辰央笑道。

半次郎望著土佐男人不時嘟起的嘴脣，也聽得歪頭。

「辰央，虧汝以前能忍受這麼別扭的聲音。汝眞的能聽懂彼等說的話嗎？」

這麼說起來，辰央倒覺得薩摩人說話時不也得讓人側耳傾聽嗎？

1 負責管理店鋪日常事務與財政。

「大島大人跟那幾位大人談得如何？」

「糟了，俺忘了是來喊汝回去替大人喝兩杯的！」

「半次郎先生，你眞是……」

他倆方轉背，不遠處便傳來巡邏隊的斥喝。

「讓開！讓開！」

喧鬧恍如也驚動了四條河灘上的煙渚，她回望岸上眩目的燈火，更感迷失。收到那個惡耗後，她想都沒想，便直奔此地，到埗[2]了方發覺求助無門。

「呼——」

煙渚嘆了口氣，又蹲下來，凝視水中的束髮少年，引手一碰，頓成漣漪……

「喂，小子，你在幹嘛？」

水面回復平整，煙渚哆嗦一下，朝粗獷的嗓音轉過背去。

是個武士。

他提著的白色燈籠上方印有紅色山形花紋，花紋下面寫著「忠誠」兩個黑字。

火光裊裊升起，煙渚與男人面面相覷。

「武戶……叔？」

「煙渚？你、你為甚麼在這裡？」

耳邊熟悉的方言宛如一線曙光，煙渚箭步上前抓住武戶的衣袖。

「你知道嗎？師父的事。」

---

2 港口，碼頭。

「啊，當然……」

「告訴我！兇手是誰？」

「是龜川親方[3]讓你來的嗎？」

「不，是我擅自跑來……武戶叔，到底是誰殺了師父？」

「這個……現在還說不定……但從傷口看來，大概是自顯流……」

「自顯流……？」

「別說了，快給我回去。」

「不要！」

煙渚拍掉武戶伸出的右手。

「一日沒找到那傢伙，我絕不歸去！」

「……那麼，」武戶緩緩抽刀出鞘，「我就讓你認清自己的能耐吧。」

「大島大人，多謝惠顧，請慢走。」

在店家的謝辭下，古森充當提燈小廝，與半次郎、辰央護送吉之助步出万亭。

「半次郎，這家店如何？」

「好店就是貴。」

說話毫不修飾，這正是吉之助欣賞又擔心半次郎的地方。

「不必要的花費是奢侈，必須的開支叫應酬。難得回來，得跟老朋友打個招呼。」

半次郎低頭細嚼話中意味。

---

3 正一品至從二品琉球官吏之尊稱。

「大人，要叫頂駕籠[4]嗎？」辰央就知道吉之助一向不勝酒力，於是提議說。

吉之助卻搖搖手，回道：

「先走一段，吹吹風。」

踏入初夏，京城的晚風本應減弱，怎料來到四條大橋口，古森手上的燈籠忽而滅了。

「對不起，請大人稍等。」他馬上半跪下來，從懷中掏出火折子。

匡鐺——

金屬撞擊之聲霎時繚繞四周，辰央和半次郎同時按住刀柄。

只是，環視一圈，並無異樣。

鏘的再響，一道銀光反照到吉之助臉上。眾人俯身望去，河灘上兩個武士正僵持不下。

喀喀喀喀喀——

「快給我回去！」

武戶在煙渚耳邊低吼。

「不——啊！」

煙渚沒來得及反應，左臂就捱了一刀。她捂住傷口，熱淚不由得湧上眼眶。

「你連我也打不過，根本沒資格去報仇。」

武戶抽一口氣，大喝一聲，再度揮劍撲上。

鐺——

煙渚橫刀架擋，卻被對方的力氣逼得單膝著地。

4　轎子。

「嘿！」

武戶的雙臂使勁往下壓，利刃陷進了煙渚的右肩。

「啊呀呀——」

撲通！

武戶補上一腳，把煙渚踹得昏倒兩間[5]外的河畔，然後撿起那柄被甩在地上的刀。

「萬武佐，你不該把她捲進來。」

說罷，白刃在武戶手上翻了半圈，嗖的刺落煙渚旁邊。

「辰央，」吉之助用眼追著武戶漸遠的背影，「去看看那人怎樣。」

「遵命。」

辰央跑到煙渚身旁，撥開她濡濕的前髮仔細一看，憶起前兩天自己在鍵直屋吃早膳的情形。

「早啊，櫻間先生！」

嗓音乍聽帶勁，但一瞅眼窩，辰央還能猜出對方徹夜未眠。

「古森先生，昨晚有任務嗎？」

辰央端坐在膳臺前，持箸合手。

「沒有，不過去了一趟島原。」古森笑著回答，「角屋的美人還問我，大島大人身邊那個只懂喝酒的武士大人怎麼不來。」

「……」

古森瞟一眼辰央，見他顧著吃飯，惟有轉個話題。

---

5 一間約一點八二米。

「對了，聽說天狗黨在築波山舉兵了，喊著要封鎖橫濱港，不知裡面可有你的舊相識？」

「大概沒有。」

辰央放下飯碗，改把味噌湯往嘴裡送。

古森沒轍的走到門前，補充說：

「後天晚上，大島大人想在万亭設宴。」

「明白，我待會去安排。」

「有勞了。」

熙來攘往的三條大橋前，旅籠林立，近來更增添不少外來武士的身影。

的確，皇城不甚太平。

這個，聽口音，該是來自中國[6]；那個，看月代，該是來自九州；那個，看佩刀，該是來自四國。

（啊，那個……？）

橋前一位頭纏圍巾、身穿灰衣藍袴的年輕武士，鎖住了辰央的眼光。若除去腰際兩刀，光憑半張露出竹笠的秀氣小臉來看，此人實在有點像……

「辰央，怎麼了？」

半次郎的聲音把辰央拉回四條河灘上。

「他……尚有氣息。」

「那趕緊帶彼回『中熊』。」吉之助吩咐道。

「是。」

6　日本本州西部，包括現在的岡山、廣島、山口、島根和鳥取五縣。

辰央才把煙渚稍稍抱起，又放下去。

「汝又怎麼了？」半次郎問。

「是……女的……」

古森盯著煙渚那條裹著黑布的右前臂，像要從中挖出甚麼來。

「仲山大人，有人找你。」

安仁迅速收起探到窗外的上半身，跑去拉開隔扇。

「這位客人……」

「行了，請你退下。」

女侍聽從吩咐，門一闔上，古森即時撂下臉來。

「到底是怎麼回事？」

被搶去臺詞的安仁心感不妙。

「找到那傢伙了！可她到底搞清楚狀況沒有？居然直踩到新選組頭上？」

「煙渚究竟怎樣？」

安仁硬著頭皮嗆回去。

「……被大島帶走了。」

☯ ☯ ☯

「你打算站到日落西山嗎？」

遭萬武佐一催，著急得咬牙的煙渚只好揮刀直撲。

「嘿——」

前者閃身擺腿，後者便剎時被踢飛。

「嘎……咳、咳咳！」

「喂喂喂，這麼快就掛了嗎？」

萬武佐一換手，擺出下段姿勢。煙渚也重整架式，舉刀過頭。

撲簌——

勝負已定。

本想挑開攻擊的萬武佐沒料到揮了空棒，煙渚一個箭步上前，橫刀砍落師父的小腿骨。

「你這傢伙，想害我幾天不能走路嗎？」

萬武佐敲一下煙渚的腦殼。

「師父不也把我踢得午飯也快吐出來嗎？」煙渚按著胃說。

啪、啪、啪、啪。

掌聲引得師徒倆望向門外。走在前頭的，是個身穿白衾，腰纏青花布帶，髮髻插著六棱柱銅簪的二十來歲青年。

「萬武佐師傅，好久不見，我家主人來找你鍛刀了。」

青年一彎腰，背後便現出個頭戴尖頂平口竹笠、束繡龍黃帶的黑衾男人。

萬武佐皺了皺眉頭，應道：

「眞的很久了，我還以爲……進來再說。」接著折身步向主屋。

「我、我去倒茶。」

青年接到黑衾男人的眼色，便尾隨煙渚而去。

「痛！」

煙渚邊揉著被熱茶燙得通紅的手，邊想著：萬武佐沒錯是個刀匠，但平常只造菜刀、鐮刀、鋤頭等，這些工具跟剛才二人實在風馬牛不相及。

「事情想得太入神可不好呢！」

刺骨的涼意不知何時迎上了煙渚的脖頸。

潑刺！

煙渚一手穿過胸前，一手將熱茶往後潑。安仁即時倒跳，利刃輕輕劃破對方的手背。

煙渚復身就朝安仁的臉踢上去，後者仰後躲開，她便順勢再來一記迴旋腿，可惜都被安仁俯身避過。

「嘿……」

望見安仁得意的笑臉，煙渚心裡止不住冒火，撲上去連揮幾拳。

嗖嗖嗖！

遭最後那拳擦中臉部的安仁覺得也該收場了，於是一把抓住煙渚再度出擊的手腕，使勁一扭，將她按倒牆邊。

「你倆到底是何許人？」

「冷靜點，我跟你做個測試而已。」

「測試？」

「看來你仍一無所知。」

「知道甚麼？」

「來，讓萬武佐師傅親自告訴你。」

黑衾男人坐到萬武佐對面，摘下竹笠，露出一張五十來歲的瘦削臉孔和耀眼的花金荎銀簪，輕輕吐出一句：

「是時候了。」

「……」萬武佐欲言又止。

「半個月前，龍鄉先生被召回去了，並改名『大島三右衛門』，將陪島津久光上京。我們的人已準備好接應煙渚，明日寅時，安仁會再來。」

「明天？」

萬武佐垂頭苦笑。

「龜川親方，這樣對待一個丫頭，不覺得很殘忍嗎？」

「殘忍？」龜川蹙額反問，「萬武佐，老夫十一年前明確說過把她託付給你的目的吧？難道你想反悔？」

「……」

「她的命是我們琉球人撿回來的，要她爲我們做點事，不算過份。」

「但是以大和如今的形勢，送她過去，不就等同送死嗎？」萬武佐的聲音愈發響亮。「我們爲報恩而救她，怎能倒過來要她爲我們犧牲？」

「現在是清朝了。」

龜川狠瞪著萬武佐，一句堵住了他的喉嚨。

「沒有大清冊封，琉球早淪爲大和的囊中物。老夫、你，甚至她，一直活在大清的恩典下，我們救了她，經已有負聖恩。島津，不，大和覬覦我國乃不爭的事實，若不時刻注意其動向，早晚會重蹈覆轍。」

「可是——」

「鄭覺！」

龜川踏前揪起萬武佐的衣領。

「你當初不是為了洗刷冤屈才找老夫嗎？不是說過要讓謝名一族堂堂正正回到久米[7]嗎？怎麼突然變得貪生怕死？你若違背先祖的意願，就不配當久米士族！」

「那讓我替她去吧！」

萬武佐憤慨地喊起來。

「論經驗、論武功，安仁都不是我的對手！不過是重操舊業，就讓我替那丫頭去吧！」

（師……父……）

「喂，醒醒吧！聽見嗎？」

跳動的眼皮徐徐展開，率先映入簾內的，是個陌生的天井。

「太好了，閻王大人放過你了！」

煙渚來不及看清，說話者便飛奔門外。

天邊開始泛藍，辰央抬頭遠望東山，想著差不多該回去了。

「辰央！」

半次郎正從橋的另一邊跑過來。

「半次郎先生，祇園那邊怎麼？」

7　「閩人三十六姓」的聚居地。洪武二十五年（一三九二年），明太祖朱元璋下賜一班善於航海、造船、外交等的漢人予屬國琉球，他們自此群居那霸港附近。

「沒甚異樣。」半次郎聳聳肩說，「回去前吃點東西，好嗎？」

女侍端來熱茶和饅頭，鞠躬便走。

半次郎且拿起吃的，且問：

「汝知道會津侯前兩天復職了嗎？」

「聽聞過。」

文久二年的政治改革中，幕府在「京都所司代[8]」（桑名藩）之上增設「京都守護職」，目的是打擊浪人的過激行爲，維持京中治安。會津第九代藩主松平容保雖欲推辭這「三煞位」，但家訓一壓下來，不得不乖乖就範。

「嘿，莫非那丫頭想要剃幕府眼眉，才襲擊壬生狼？」

半次郎一口就啃掉半個饅頭。

「若眞的要打擊幕府，不可能以新選組爲目標，更不應該派女子當刺客。」

「辰央，」半次郎興奮地探身，「汝不是跟壬生狼交過手嗎？」

「嗯……」

辰央緩緩擱下剛湊到嘴邊的茶杯。

「要是俺和彼等打起來，汝說誰贏？」

那人快如閃電、咄咄逼人的突刺瞬間擦過辰央的腦際。

「這不好說，我只跟其中一人交過手。」

8　負責代表幕府與朝廷交涉，並監察朝廷、公卿及西部諸藩大名；同時需負責京都治安，以及管理五畿（山城、大和、河內、和泉、攝津）、近江、丹波、播磨八國的民政事務。

「是誰？」

「名字我忘了。」

「唉，眞掃興！」

半次郎跌坐椅上，記起了另一件事。

「大久保大人要回藩了，這回有叫上汝嗎？」

辰央咬著杯口，含糊地哼了一聲。

「汝又拒絕了？」

半次郎光憑他的神色就猜到答案。

「別惦記著那件事，好嗎？」

辰央默然不應，往外一看，焦點渙散在金黃的鴨川水裡。

「中村先生、櫻間先生，你倆回來得眞合時，她剛醒了。」

才拉開「中熊」的格子門，主人熊藏就來報告。

「大人正在她屋裡。」

煙渚仰視門前穿著棕色純棉吳服和黑麻布羽織、腰纏白布帶的吉之助，竟覺得這個眼若銅鈴、體型碩大的男人很是親切。

「汝就躺著吧。」

吉之助正坐下來。

「失禮了。」

煙渚費力地呼出一句。

「俺乃薩摩藩軍賦役[9]大島吉之助，這裡是我藩的御用料亭。」

（薩摩的大島？準沒錯了，他就是龍鄉先生！）

煙渚睜一睜眼，結結巴巴的道：

「在、在下……」

「都這樣子了，還裝甚麼？」

半次郎跟辰央一前一後走進來，向吉之助施禮。

「半次郎，要注意語氣。」

吉之助將眼光投回煙渚身上，介紹說：

「這位是我藩藩士中村半次郎，另一位是筑前藩士櫻間辰央。」

煙渚本想仔細打量這兩個人，但回想半次郎方才的話，又不敢多望一眼。

「別擔心，這兩天一直由女侍照顧汝。」

倒是吉之助看穿了她的心思。

「謝、謝謝……」

「汝的右臂沒事吧？何以裹住？」

煙渚旋踵探手過去，感覺布條仍未乾透。

「我……我曾被火燒傷，所以……」

「原來如此……那麼，可以請汝說說自己的事嗎？」

「我叫……泉山煙渚，來自……肥後。」

---

9 軍司令官。

「爲何上洛？跟河灘那個男人有關？」

「他殺了家父。」

本盯著架上兩刀的辰央，轉移視線至布團上。

「家父是個下士，因爲一次爭執，被那人殺死。三個月前，我得知他在京都，所以前來報仇。」

「汝知道彼是新選組的人嗎？」

「不知道……」

「汝了解新選組嗎？」

「不清楚……」

糊裡糊塗的就趕來尋仇，不光是吉之助，半次郎和辰央也有點無言。

「汝先把傷養好，報仇的事日後再議。」

吉之助走下樓梯，磨頭對辰央，說：

「新選組可有動靜？」

「暫時沒有。」

「汝回去鍵直屋，請古森調查這孩子的事。」

「大人，有何不妥？」

吉之助憶起女侍的話。

——大人，那位小姐的右臂上……

臨窗眺望，對岸還是那樣燈火通明，隱約傳來喧鬧聲，與晝夜寧靜的島嶼存在極大差異。

煙渚將身旁那把長二尺二寸八的無銘佩刀舉到眼前，右手握著鑲有金黑梅枝赤銅目貫的月牙色鮫革刀柄。

有時夜半，她會看到萬武佐在前庭揮舞此刀，只是一直不敢問其來歷。

噌。

褪出黑蠟鞘的白刃反映出萬武佐當日訝異的表情。

「師父……」

萬武佐收起長刀，直走到玄關。

「你都知道了？」

煙渚遲疑地點一下頭。

「師父，我——」

「不准去！」

嗓子下的怒火欲蓋彌彰。

「為、為甚麼？我才是龜川大人的原定人選，不是嗎？」

啪嗒！

煙渚沒忖的被一手推出門外。

噌！

轉眼間，劍尖已扎住她的喉嚨。

「師……？」

「你有赴死的覺悟嗎？」

「我……」

頭頂那雙眼睛彷彿從泥犁中浮上來一樣。

「為師的話，就這麼定了。」

鉛淚失重墜落兩頰，壓得煙渚猛醒過來。

「小姐，診症時間到了。」

煙渚趕緊收刀，以袖拭目。

「請進。」

古森敞開隔扇，他身後還跟著個人。

「請勿緊張。」

煙渚沒弄明白前頭這男人的話，只覺得對方的目光不甚友善。

門啪地關上，安仁擱不住越過古森，摟住如在夢中的煙渚。

「實在太好了、太好了……」

古森看著這畫面心裡不禁著火，硬扯開安仁，伸手握緊煙渚的脖子。

「你這傢伙知不知道自己幹了甚麼好事？」

這男人的眼神與萬武佐的重疊起來。

「古森先生，你想幹嗎？她還有傷在身！」安仁慌忙制止。

「你給我閉嘴！」

在對方狠狠回瞪下，安仁似乎也感到自己的抗議站不住腳。

「自顧自的跑來，還招惹麻煩。你要是沒有殺人的覺悟，就給我滾回去！」

「啊——咳、咳咳！」

安仁護在被推落榻榻米上的煙渚前，對古森說：

「請讓我跟她談談。」

「嘖……」

待古森闔上門扇，安仁便從懷中掏出個紅彤彤的果實，塞進煙渚手裡。

「這個有助傷口癒合。」

「安仁先生，對不起……」煙渚沒敢正視他。

安仁搖搖頭。

「我才是，龜川親方明明吩咐我不能把萬武佐師傅的事告訴你。」

「我這麼窩囊，師父當初不讓我來，果然是對的……」

「不！萬武佐師傅絕對不是這樣想的！」

安仁望向衣架子上那條編有交錯格子紋的藍白色細棉織帶。

「絕對不是……」

他邊呢喃，邊記起龜川說過，萬武佐潛伏肥後前，曾與人立下婚約。衣架上這種窄小的紺絣，是八重山女子答應求婚時贈予男方之物，上面編有代表「何時」的五格圖案、「世」的四格圖案、「頻繁往來」的蜈蚣足紋，以及「白頭到老」的經縞紋，總的意思就是「不管世間如何，也要長相廝守」。

成為一個普通的女孩，這大概才是萬武佐對徒兒的期盼。

「對了，安仁先生，為甚麼武戶叔會在這裡？師父不是說他去了清國嗎？」

「其實，武戶先生比我倆更早來到大和。」

嘉永六年，美國東印度艦隊司令官馬修·佩里的黑船駛入日本浦賀港前，曾強泊琉球那霸港，終迫使尚泰於翌年簽訂不平等的《亞米利加合眾國琉球王國政府議定約》。而當時的大和，將軍繼承人問題處於白熱化階段，無論是擁護一橋慶喜的「一橋派」，還是推舉德川家茂的「紀南派」勝利，都左右開國問題。龜川生怕大和門戶一開，將為與之脣齒相依的琉球帶來衝擊，於是，武戶在安政五年奉命抵達薩州，監察德川家繼承人的爭奪戰。

四年後，武戶將幕府徵集浪士的消息回報琉球，才發生龜川和安仁親臨萬武佐家一事。不料，浪士團入京後出現內部糾紛，新選組在此另起爐灶，浪士團召集人清河八郎則帶著餘下的人返回江戶，結成「新徵組」。為獲得全面消息，安仁只好加入清河一方。

「老闆娘，大島大人來了嗎？」

古森回到位於柳馬場錦小路的鍵直屋，便見女將季實捧著煉羊羹和熱茶走過。

「正在月照間等著。」

安政四年二月，倡導「公武合體」[10]的前薩摩藩主島津齊彬參覲期滿，他歸國前得孝明天皇賜敕：

危急之時，守護皇都。

吉之助因此受齊彬之命留守京城，並與同屬勤王派的清水寺成就院主持月照結成莫逆之交。

翌年，一橋派落敗，紀南派遂發動「安政大獄」，推舉慶喜的吉之助和月照淪為打壓對象。無計可施下，吉之助帶月照逃回薩摩。可是，當時尚名為「忠教」的島津久光[11]不願保護非親非故的月照，只肯安置他在日向國一隅。那裡既在藩域之內，又在藩邊界哨所外，就算被幕府逮住，薩摩也可輕易與罪人撇清關係。

於是，乘船去日向途中，對前路絕望的吉之助抱著月照投入錦江灣。

諷刺的是，吉之助大難不死，月照卻往生極樂。久光為免幕府找麻煩，謊報吉之助的死訊，然後將他流

---

10 指透過促成孝明天皇之妹——和宮親子內親王與第十四代將軍德川家茂的婚事，聯合朝廷（公家）和幕府（武家），以利用朝廷權威壓制尊王攘夷運動，並鞏固幕府地位的政策。

11 薩摩藩第十二代藩主——島津茂久（忠義）之生父。

放到奄美大島，也就是煙渚成長的地方。

為悼念摯友，吉之助每每蒞臨鍵直屋，必定使用此房間。

「查得怎樣？」

古森才放下茶點，吉之助就問。

「那丫頭的仇人的確去年才入隊，而且由肥後來。」

「彼本身呢？」

「據她原先下榻的三木屋的人說，那女孩獨個兒上洛，平日很少出門，亦甚少與人交談，在這裡應該沒有認識的人。」

吉之助鎖起眉頭。

「大人，那丫頭的行動似乎沒得到主公批准，跟脫藩無異……」

「俺明白。」

吉之助用竹籤挑起小塊煉羊羹，大口吃掉，再呷啖茶，說：

「等彼好一點，到清水寺走走吧。」

巡邏了一整晚，武戶恨不得倒頭就睡，他的狀況近來就不太好，正確而言，是從四條河灘那個晚上開始。

「小平！」

儘管疲憊不堪，聽到這嗓音，武戶的神經又不由得綳緊。

「副長，有何吩咐？」

「到我房來。」

待土方歲三上座，武戶方徐徐坐下，一半是他的身體影響，一半是他要確認對方頭頂上的「局中法度」。

「街上的情況如何？」

「還好。」武戶回神應答，「雖說近來多了各地藩士進京，但城中暫無異樣。」

土方聽罷沒作反應，又問：

「近藤先生和我在千紅萬紫樓參加聚會那晚，你去哪裡了？」

武戶屏息一下。

「我被八木家的小兒子扯到壬生寺去。」

「哦？」

土方瞟向武戶，後者苦笑一個，道：

「恕我直言，副長你體會不了當爹的心情。」

「你有孩子？」

「是，但多年前在地震中死了。」

「……」

「那晚，八木家的小兒子遭他娘責備，隻身跑到街上，剛巧被我碰見。我怕他一個小孩在外面有危險，所以陪他玩玩。」

「抱歉，提起你的往事。」

鬼副長大抵只會在這種時候放下身段。

「言歸正傳，副長你那天晚上找過我嗎？」

「是沖田組長。」

「甚麼事？」

「你也知道我們去年肅清了幾個長州奸細，各隊人手失衡。沖田組長欣賞你的刀法，希望你轉到他的隊上。」

「這……松原組長同意了嗎？」

「主要看你本人的意願。」

武戶稍微裝個考慮的樣子，便答道：

「難得沖田組長賞識，在下樂意追隨。」

待武戶離開，擔任調役並監察的島田魁拉開隔扇，半跪在土方旁邊。

「副長，你覺得怎樣？」

「暫且相信他吧。」

「爲何不把他交給齋藤先生？」

「嘿，總司那樣子才能教人放鬆下來。」

「需要幫忙嗎？」

辰央伸手問煙渚。

攀上三年阪對煙渚來說，的確有點吃力，畢竟她的傷勢未癒，體力不繼。

「對，走不動的話就讓辰央背汝，反正不是沒試過。」

走在前面的半次郎回頭一喊，令兩人陷入窘態。

「慢、慢慢走吧。」

辰央收回右手，繼續前行。

好不容易，煙渚終於趕上吉之助他們，來到清水寺的本堂。

「能帶著這副身軀走上舞臺，泉山小姐比一般武家小姐還了不起呢！」

吉之助看著煙渚那把仍別在腰間的佩刀說。

「我不認爲自己有甚麼過人之處，只是不想帶給別人麻煩。」

煙渚深呼吸一口，挺直腰板回道。

「就連倔強這一點也不輸給任何女子。」

「……」

「沒得到敵討許可就自行上洛，汝知道後果有多嚴重嗎？」

「我……」

「汝要是願意，報仇之事可委託辰央代勞。俺再爲汝安排一份女侍的差事，汝從此當個平凡——」

「我拒絕！」

煙渚大呼一聲，衝到舞臺邊。

「大人，與其苟且偷生，我寧願粉身碎骨！」

辰央和半次郎欲撲上去，卻被吉之助攔下。

「嘿，真服了汝。既然有從舞臺跳下去的勇氣，何不用在有意義的事上？」

眾人不解地望向吉之助，只見他邁向煙渚，引手道：

「且讓俺看看汝能倔強到甚麼地步。」

二章・六月梅雨

辰央領著煙渚穿過四條通，北上至錦小路薩摩藩邸。

「這裡是——」

「記住，萬事得跟古森先生商議，別輕舉妄動。還有，既然混進了薩摩，就好好把握機會，繼承萬武佐師傅的遺志。」這是安仁臨回江戶前的囑咐。

話雖如此，煙渚面對古森，仍有一種如坐針氈的感覺。

「——山？泉山？」

「對、對不起……」

「走在街上，千萬不能失神。」

「是……」

煙渚隨著辰央再往西行，橫越堀川，且停在綾大宮町前。

「看見前面那條村嗎？那裡便是新選組的駐地壬生村。」

「壬生村……」

「千萬別輕舉妄動。」

「……是。」

話音剛落，一隊人馬就步出村口，二人隨即朝上京跨步。

鑽入鍵直屋旁的巷弄，辰央瞥看左右，然後帶著煙渚閃身進了院子。

「你我始終是脫藩之身，爲免給這家店添麻煩，今後謹記從後院進出。」

他像洞悉煙渚滿腹疑問，於是先行解說。

「櫻間先生，歡迎回來！」

一位看來比煙渚年長兩三歲、操京腔的女子突然現身。

「綾子小姐，這位是肥後脫藩泉山先生。」

煙渚略施一禮。

「在下泉山煙渚，今後有勞關照。」

「有需要請隨便吩咐。」綾子說話時露出了一排潔白的牙齒。

「到了？」

季實不知從哪裡跑了出來，辰央順道也把她介紹。

「這位是老闆娘。」

「早、早安，謝謝你收留。」

「沒甚麼，」季實且俯察著煙渚，且弄一下髮髻，「大島大人不過爲小店著想，奴家乾脆把這裡改成賣糰子的好了。」

「請問房間準備好了嗎？」辰央對此玩笑不以爲意。

「安排在你隔壁。奴家跟綾子要開店，請自便。」

辰央反手關上寢間的門，道：

「別把話放在心上，她倆沒有惡意，而且對你的事並不知情。」接著走去推開格子窗，「這裡是薩摩藩定宿，大島大人六年前上洛時住過。主人直助先生前兩年過身了，大人便安排我寄居於此，算是照顧遺孀。」

微塵在陽光下翩然舞動，模糊了辰央背部的輪廓。

「櫻間先生，大島大人平日都安排你幹甚麼？」

「基本上是護衛，必要時按大人的吩咐去辦事。」

「我呢？」

「都一樣。」

辰央回頭凝視煙渚。

「怎、怎麼了？」

「有件事，我必須澄清。」

「甚麼……事？」

「其實，我是薩摩人。」

煙渚聽出嗓音裡的糾結。

「我乃私自脫藩，為方便進出藩邸，才謊稱是他藩浪士。」

「沒被認出嗎？」

辰央淺笑一下。

「即使認得，也沒人敢作聲。」再打開壁櫥，說，「這裡有被褥，假如你用得上。」

「謝謝……」煙渚心中惑突。

「古森先生，昨晚你見過的，是我們的監察，住在對面但不常回來。有問題的話，可以請教他。」

「是……」

「我有事出去，你休息一下。」

煙渚環視這個不知要待多久的房間，與先前的旅籠屋相較，這裡全無景緻可言，甚至予人囹圄之感，然而不失爲藏身的好地方。

「辰央怎麼一大早就不見人？不會往花街跑吧？」

煙渚帶著隔夜色，沿著聲音探身到樓下。

「中村先生，櫻間先生若沉迷女色，老闆娘眞的會把敝店改成茶屋呢！」綾子半掩著嘴笑說，「大久保大人明天就走，所以讓櫻間先生陪他下棋。」

（大久保大人？）

「對啊，副城公[12]要回藩了。」

半次郎眼角一揚，察覺木階上有人。

「啊，汝在啊？」

煙渚躡手躡腳地走下樓梯。

「早、早晨。」

「既然辰央不在，汝就陪俺到外面走走吧！」

說罷，半次郎便拉著煙渚衝出店後的三條通。

「還未習慣住在這裡吧？」

眼前這個滿臉稚氣的男人，實在令人好奇他有多大能耐。

「有點……」煙渚揉揉眼睛回道。

「傷勢如何？」

12 島津久光的別稱。

「差不多好了，謝謝關心。」

「俺說……」半次郎忽然一臉凝重。「汝的劍確實使得不錯，但決心不足。」

「決心……？」

「記住，只要出第一刀時稍有猶豫，汝便沒機會出第二刀。」

沒錯，煙渚想，要是對手非武戶，她早就客死異鄉。

「該斬的就斬，別讓自己受無謂的傷。」

「……」

「啊？」半次郎乍然踮起腳叫道，「前面好像出狀況了。」

煙渚只得把話鯁在喉嚨，隨半次郎擠進御倉町千切屋外的人圈裡探個究竟。

據看官議論，四個勤王武士前來「集資」，剛巧老闆出了門，他的女兒一口拒絕武士的要求，結果被砸店。

「可惡！哪來的勤王武士？讓俺見識、見識！」

煙渚來不及反應，半次郎已越過人牆。

「勤王勤到吳服店的，俺想也只有汝等了。」

四人同時回首，其中一個不屑地走到比自己矮上一截的半次郎面前。

「給老子滾……」

可惜，話還沒完，那人本要鎚落半次郎腦門的拳頭便飛到觀眾腳邊。由平整的切口推斷，這一刀是從左至右揮去。

「嘩啊啊——」

圈子頓時擴大，惟獨兩人紋風不動。

眼見其餘三人紛紛拔刀，煙渚也逆流而上。也許震懾於半次郎的氣勢，其中兩個男人將目標投到瘦小的她身上。

左邊那個斜眼的率先撲上，煙渚抬手一抓，連刀帶人拖到地上。斜眼男連忙爬起，仰頭一刻，竟發現鼻前刀尖極爲眼熟；再看看手心，早已空空如也。

另一人見狀，想從後施襲，煙渚旋即抽出脇差，雙刀隨身迴轉，短的攔擊，長的嗖地削掉對方的髮髻。

另一邊廂，半次郎舉刀過頭，擺出「蜻蛉」架式。對方壯起膽子，大喝一聲，直衝上去；但論勢頭，遠遠及不上薩摩隼人。

「嘎——」

半次郎猿猴般的奇特叫聲嚇得全場抖肩。就在他全力下劈的瞬間，對方突然失卻重心，一屁股跌坐地上，其左額至側腹綻出一道血痕。

半次郎的視線從那呆若木雞的男人身上移至地面，原來是剛才被扔到店外的綢布救了他一命。

遺憾的是，半次郎沒打算罷休。

「蜻蛉」再度振翅。

「中村先生！」

煙渚箭步上前，鐺的一聲，挑開半次郎的劍。

「夠了，他已經受到教訓！」

「汝這傢伙……」

半次郎冷峻的眼神盯得煙渚頭皮發麻，但她毫無退縮之意。

「請讓開！」

兩個腰間插刀的男子適時游出人海。走在前頭的面如黑鐵，嘴巴能吃四方；走在後頭的鼻樑筆挺，目光如炬。

「誰啊？」半次郎極不耐煩的回顧。

嘴大的微微探腰，道：

「吾乃新選組局長近藤勇，此乃副長土方歲三。」

（新選組？）

進退維谷之際，一個背影擋在煙渚前面。

「俺是薩摩藩士中村半次郎。」

「果然是自顯流刀法。」近藤爲自己銳利的眼光竊笑。「中村先生，能把這些不法浪人交給我新選組處理嗎？」

半次郎注意到土方那欲穿透自己的眼神，於是收起佩刀，說：

「請便。」隨即轉向推著煙渚離開。

近藤回到屯所，迫不及待聚集幾個幹部分享奇遇。

「中村半次郎，薩摩藩士，兩年前隨久光公上京，擔任青蓮院宮衛士。」

島田早前受土方吩咐，徹查了半次郎的底細。

「後來獲大島吉之助推薦，擢升爲浪士取締，駐守二本松藩邸，並寄住在四條小橋附近的村田屋。」

這是吉之助經常光顧的煙管店，漸漸變成薩摩藩士的接洽點，半次郎亦在此結識了他的情人——店主的女兒阿里。

「原來是大島吉之助的部下，幸好沒跟他起衝突。」

薩摩藩裡委實存在不少參與過「天誅」的激進份子，但她也在去年八月十八日的政變，與會津藩攜手將極端的尊王攘夷代表——長州藩轟出皇城，所以近藤對薩摩人還是有點忌諱。

「中村非泛泛之輩，必須轉告全體隊士，避免與他交手。」

「近藤先生這樣說，我更想跟他較量呢！」

「總司！」元老井上源三郎總忍不住替局長教訓後輩。

「土方君，你在想甚麼？」

近藤早留意到午後的土方有點不妥。

「我在想那個站在中村背後的小子。」土方兩手抱胸，「他好像很怕見到我們。」

「鬼副長嘛，有誰不怕？」

土方抬眼狠瞅總司，總司反對他微笑。

「那人看似弱不禁風，柔術卻揮灑自如，更能及時挑開中村的劍，實力不容忽視。」近藤回想著煙渚的動作說，「可惜，我沒看出他使的是哪個流派的劍法。」

「薩摩嗎……」

土方就是這麼個人，總覺得城中大小事情暗地裡互相牽纏。

煙渚卒然睜眼，窗外金線卻刺得她一陣暈眩，還是沒睡好的結果。近藤的話昨晚一直在她腦內盤旋。

——果然是自顯流刀法。

（還不能就此妄下判斷……）

煙渚整理好裝束，便沿廊走到月照間外。

砰！砰！砰！砰！

院子裡，辰央手中的木刀應聲落下，橫放在跟前架子上的一大捆木條隨之跳動。這架勢教煙渚憶起昨日的半次郎，內心難免激盪。

「吵醒了你？」

「沒、沒有。」

辰央從竹簍裡抽出一柄刀，遞給煙渚。

「要試試看嗎？」

煙渚站到木架前，深呼吸一口，舉頭就劈。

砰！

「嗚……」僅此一擊，反彈的力度震得她整條胳膊麻痺。

「不習慣吧？這就是藥丸自顯流的練習方式。」

煙渚意想不到，辰央竟然笑了。

「你有興趣就練練看，我去洗個澡。」

她嘗試從漸遠的背影勘出薩摩人的底蘊，但是……

「聽說昨天出事了。」

黃雀在後，耳背傳來古森的聲音。

「對、對不起……」

「別忘記有任務在身，節外生枝會讓自己陷入危機。」

「知道……」

「走，帶你去見個人。」

時間尚早，白戶診療所還沒有病患。

「古森先生，早晨。」

一個笑容可掬的中年女人前來迎接。

「早，有勞你帶這丫頭去白戶那兒。」

「是，請你到客間等著。」

中年女人看向煙渚，又說：

「我叫阿桂，是敬齋醫師的內人。請跟我來。」

儘管古森伴隨著，但踏進診療所後，煙渚便覺寬心不少。接受診察期間，她也絲毫沒有緊張。

「傷口癒合得不錯呢！」

敬齋說罷就返回案邊開方子。

「敬齋醫師，請問你是……？」

「我是薩摩人，但體內殘留著琉球人的血。」

面對啞然的煙渚，敬齋倒莞爾一笑。

「我眞正的高祖父是琉球御醫，曾獲邀到薩摩傳授醫術。可是，其間他跟已有婚約的高祖母私訂終身。無論身分上抑或道德上，兩人的感情都不被允許，於是，高祖母帶著這個祕密結婚去了。」

敬齋擱下毛筆，淺笑說：

「無論如何，救人才是我的職責。」

煙渚略帶失措的接過藥方。

「尊夫人知道嗎？」

「不。」

「那我的身分……？」

「放心，她只知道你是女的。」

笑意自敬齋臉上消退。

「何況我不想她受牽連。」

鴨川河水受涼風吹拂，泛起微波。抵京後，煙渚頭一次感到空氣存在。

「這幾天忙於公務，沒時間跟你好好聊一下。」

古森在松原橋前駐足。

「因爲大久保嗎？」

對於煙渚的反問，古森略爲錯愕。

「昨天，中村先生提及櫻間先生爲大久保送行的事。」

得悉原委後，古森回復往常的樣子。

「大久保一藏是島津久光的臂膀。若待在他身邊，應該能查探到些甚麼。」

「既然如此，當初爲何不讓我到薩州接近他？」

古森發覺女孩終於有點變化。

「大久保不是容易上鉤的傢伙，龜川親方才不會送羊入虎口。」

雖說初生之犢不畏虎，但直搗黃龍這檔事，的確不適合煙渚這隻覺悟不足的羊。

「薩州那邊自有人在，毋須你操心。櫻間辰央原是大久保的部下，大久保也很重視他。你只要跟大島、櫻間他們混熟，想知道大久保，不，應該說是薩摩的動向亦不難。」

煙渚靜默片刻，再綻口兒。

「爲甚麼找上敬齋醫師？」

這回換古森反問，說：

「有問題嗎？」

「他似乎沒興趣介入我們的事。」

「他……只是逃不過命運。」

對煙渚來說，這句話似乎能套在任何人身上。

「喲，等汝很久了！」

回到鍵直屋，煙渚發現半次郎正在辰央的屋裡茗茶。不知怎的，她總覺得今天的半次郎與昨日迥然不同。

「如何？」

半次郎站起來，滿意地轉了一圈。原來是他身上那件襟袖繡有金線松葉的黑紗羽織起了作用。

「這是千切屋阿園小姐的謝禮。」

「行了、行了，像個大名[13]。」辰央也拿他沒轍。

「大名倒不敢，像旗本[14]已經不錯……」半次郎倏地醒覺，語氣驟變。「傻瓜！誰要當德川家的人？」

成功擺了半次郎一道，辰央忍俊不禁。

「辰央，今晚讓汝賠罪。」

「好。」

「不好意思……到底怎麼回事？」

兩人的鬧劇弄得煙渚一頭霧水。

「為兄要帶汝去見識、見識。」半次郎咧嘴笑道。

---

13 石高一萬石以上的領主。

14 俸給二百石以上、一萬石以下的幕府直屬武士，具謁見將軍的資格。

同爲「京都六花街」之一，明月清風下的島原不僅沒遜色於祇園，甚至更勝一籌。

儘管身爲女人，煙渚也不時爲行經身邊的藝伎所吸引，特別是「太夫道中」[15]的內八文字步法。相反，辰央的視線只向浪士望去。

三人鑽入揚屋町的角屋，被安排到一個八疊的房間裡。

女侍退下後，半次郎湊近煙渚，說：

「俺想汝打扮起來，絕對能媲美這裡的女人。」

煙渚噗的漲紅了臉。

「哈哈哈哈！」

「半次郎先生，別嚇著她。」辰央當不過勸道。

「開玩笑而已！」半次郎拍拍煙渚的肩膀，「俺出去辦點事，回來跟汝喝個痛快。」

沒多久，酒菜全送上了。

見辰央拿起酒杯，煙渚即提壺倒酒。

昏黃的燭光下，煙渚的面部輪廓更顯分明，低垂的睫毛纖長且彎曲，雙脣看著也覺柔軟。

「櫻間先生，你在洛中多久了？」

辰央反應過來，呷一口酒。

「跟半次郎先生上洛的時間差不多，兩年了。」

「你們不是一同進京？」

---

15 島原的遊女主要分成四級，太夫為最高級，然後是天神、鹿戀、端女郎。「道中」指太夫由置屋走到揚屋赴會的過程。

「不，我倆後來重遇，他才推薦我給大島大人。」

「那麼，你爲甚麼脫藩？」

辰央默然半晌，放下酒盞，悄聲道：

「我參與過天誅。」

安仁解釋過，這是尊王攘夷浪士以天命爲藉口，暗殺與幕府相關人士的方式。

「害怕嗎？」

辰央察看著陷入沉思的煙渚問。

「沒有，只是不明白……」

「大島大人宅心仁厚，根本不需要劊子手。他把你留下，自然有一套想法。」

屋裡復歸寂靜，辰央摸著杯底，又瞟向煙渚。

「俺回來了！」

腰付障子[16]啪地敞開，盞中物險些溢出。

「辰央，就算是汝請客，也該等人齊才開始吧！」

「我替你試試酒溫而已。」

辰央滿斟了一杯，遞予半次郎。

「情況如何？」

半次郎接過佳釀，一飲而盡。

「剛才，幾個疑似長州人進了盡頭的房間。」

---

16 在木製窗框或門框一側糊上透光的和紙，作為日式房屋裡隔間用的拉窗或拉門。

「莫非消息是眞的？」

「前幾天去找汝，本來有件事想說，結果汝不在。」

「甚麼事？」

「中沼塾最近來了個自稱『西山賴作』的土佐人，俺總覺得彼對俺們薩摩的特別熱情。彼那天還請俺和十郎去喝酒，討論長州的事。」

「西山賴作？」

「有印象嗎？」

「沒有，但看來非長州一藩之事。」

煙渚直瞪瞪的看著他們你一言、我一語。

「啊，煙渚，抱歉，回去慢慢給汝解釋。」半次郎重拾笑容並舉盞，「來，俺們先乾一杯！」

未過五巡，煙渚經已迷迷糊糊。她趁半次郎轉移目標，跌跌撞撞逃出迴廊。

「辰央，」半次郎挑起眼角，「汝是否對那丫頭……」

「別誤會。」

辰央就猜到他要說甚麼。

「我只是覺得她那倔強的性格有點……」

「有點像翔斗，對吧？」

杯尚未滿，辰央提壺的手便凝住了。

「汝要是將彼當作翔斗，俺倒沒所謂。」

「不，」辰央放下酒壺，「誰也代替不了他……」

朧光灑落院內一棵盛櫻，照出底下的高挑身影。

嗖——

風才息，一抹銀輝自腰際劃向半空，數片斷瓣飄落，枝椏卻毫釐未動。

「呀！」

驚嘆之間，煙渚被猛撞了一下。

「哪來的東西擋住老子的去路？」

磨頭一看，是個酩酊大醉的武士。他想一把揪起煙渚，但遭人從後箍住。

「對不起，是我們不對！」同伴尷尬地謝罪，然後奮力拖走醉漢，「你這傢伙怎麼一點酒品都沒有？」

「怎麼了？」辰央沿著聲音而來。

「沒事。」

「回去吧，半次郎先生喝得差不多了。」

煙渚應了一聲，就跟辰央返回屋裡。

「原田先生，」總司收起劍，踏上廊邊，「永倉先生都爛醉了，你就直接帶他回屯所吧。」

「你來幫我。」

「才不要！」

總司搖搖手。

「不是被他吐得滿身髒，就是平白被他揍一拳。我得回去陪近藤先生，這活兒還是你來做吧！」接著逃之夭夭。

「可惡……」

原田只得狠拍一下新八的頭洩忿。

「大島大人，有事請再吩咐。」

「有勞了。」

熊藏將熱茶和糕點送上房間，便先行退下。

「前兩天，中川宮大人部下的宅邸遇襲，老人和小孩都死了。」吉之助捏著茶杯，「那些浪人視人命如草芥，簡直與流氓無異！」

辰央悄悄握起拳頭。

「的確，除了長州，尚有他藩浪士湧入城中。」半次郎不忘匯報調查結果。

「自去年政變，朝廷和幕府一直有嚴懲長州的聲音。長此下去，我藩要是放任不管，實在有負陛下對齊彬公的厚望。」

吉之助擱下杯子。

「俺會向主公上書，請求到長州一趟。」

「大人，這豈不是送羊入虎口？」

難怪辰央如此反應，長州被趕出御所後，薩摩藩船已多次受到攻擊。

「辰央，要是犧牲得有價值，俺萬死不辭。」

煙渚心頭一顫。

「若俺被殺，正好說明長州無藥可救，屆時就有討伐彼輩的理由。當然，長州要是肯認罪，俺也樂意為彼等求情。總之，俺這趟絕不會空手而還。」

「懇請大人准許俺一同前往！」半次郎下拜喊道。

「此事待藩命下達再議。」

「櫻間先生，怎麼了？」

離開了「中熊」，煙渚便跟辰央沿著堀川慢步。可是，對方忽而駐足不前，似在遲疑甚麼。

「泉山，你到前面的東吉水町等我，可以嗎？」

「是……」

辰央轉向跨過對岸，目標是田中町的肥後藩邸。

最近，城裡除了多了長州人，還有土佐和肥後的。不過，藩邸四周平靜得很，大概得歸功於附近的狼。

鐺鐺、鐺鐺、鐺鐺、鐺鐺——

半鐘[17]猛然響起，一個穿著淺蔥色羽織的隊士朝著一丁[18]以外的八木邸電赴。

「松原通失火了，快去幫忙！」

辰央聞言，迅即拔足折返。

在那個時代，火災並非鮮見，只是……

聽說浪士的祕密行動與火有關。

「櫻……」

煙渚還未跟辰央說上半個字，就被引著直奔松原通。

火苗生自一家煮賣茶屋[19]，再蔓延至兩側的貸本屋[20]和足袋鋪。落荒的人如潮湧，愈接近杉屋町，情況愈是一團糟。

17 望樓上的小型警鐘。

18 也寫作「町」，一丁約一百零九米。

19 提供魚、豆、菜等快熟食物的茶館。

20 租書店。

「櫻間先生，是新選組。」

不遠處正飄來一面「誠」字旗。

煙渚與辰央甫鑽進小巷，二十個隊士便疾馳而過。煙渚認得領頭的，是角屋走廊上那兩個人。

「別跑！」

原田右手一甩，長槍直刺入背逃浪人的大腿。另一人回身想扶起同伴，反遭幾個隊士撲倒。

「那邊的是甚麼人？」

顧不得話兒的對象是誰，今趟換煙渚抓起辰央的衣角就跑。

他倆劈留撲碌的穿出東洞院通，不小心便撞倒個町人。

「你這傢伙不長眼睛……」

町人氣得掄起拳頭，無奈他的速度沒辰央的刀快。

此舉引得不少人停下來看戲。

「櫻間先生，別衝動！」

劍尖稍稍下垂，煙渚再度拉著辰央遠離。

一紙回狀攤放地上，是新選組上午遞到季實手裡的。不僅鍵直屋，全城町家均獲發乙張。

致町中諸人：如發現可疑浪人或行為不軌者，速到壬生屯所匯報。文書務必轉達每一個人，不得遺漏。

「別說長州，連肥後、土佐的都人間蒸發了。」

新選組在杉屋町生擒兩個長州人後，市內浪士的蹤影突然疏落，半次郎也因著幾天徒勞而惆悵起來。
「關鍵在於新選組從那兩個人身上套出了甚麼，」辰央死盯著地板，「竟然急得利用町人……」
「請讓我到壬生村打聽。」
「不行、不行！上回在千切屋，那個叫土方的已經猛盯著汝。」半次郎搶先否決煙渚的提案，「辰央，汝猜岡田以藏有份參與嗎？」
辰央搖了搖頭。
「他一直被通緝，根本見不得光。」其眼光再次遊走於字裡行間。「事到如今……」
翌日，辰央決定往大佛日吉山並修館走一趟。
筑前介[21]板倉槐堂一聞訪客姓名，難掩激動，立刻吩咐僕人佑助將對方領進客室。
「這不是赤崎君嗎？去年八月之後，你去哪兒了？」
「板倉大人，在下一直在城中，讓你掛心，十分抱歉。」
槐堂很久以前就資助勤王活動，土佐勤王黨亦曾受他恩惠。
「你現在……？」
「在下現效力大島吉之助大人。」
如辰央所料，槐堂半晌不語。
在朝，勤王派必定嫌惡倡導「公武合體」的薩摩；在野，京、阪兩地的百姓也痛恨與泰西進行走私貿易，導致棉、茶等必需品價格高漲的薩摩。久光命吉之助出任京中要職，無疑是爲難他，情況與會津侯松平容保頗爲相像。

---

21 「筑前」即現在的福岡縣；「介」乃武家官位，為地方行政官。

「在下今次不是以薩摩藩士的身分，而是以個人名義前來。」

辰央此話令槐堂雙目一閃。

「在下知道長州、土佐的志士近日將會行動，但一直苦無頭緒，如大人涉足此事，請賜告實情！」

然而，動搖之餘，槐堂也有一套想法。

「赤崎君，勤王黨早瓦解了。你既然覓得新主，就別插手此事。」

「大人還記得田中先生的事吧？你就忍心讓志士落入幕府手中嗎？」

「對於天命，他們早有覺悟。」

咚咚！

「有人在啊，有人在啊！」

木戶番[22]打著拍子木走過鍵直屋不久，守在月照間的煙渚終於望見辰央步入後院。他行到練習橫打的木架前，拔出佩刀，擺出「蜻蛉」架式。

白刃嗖地落下，辰央再反手一揮，柴捆便分成三段，咚咚咚的相繼墮地。

儘管想靠近那個背影，煙渚的兩腿卻不聽使喚。

踏入五月，在京都街頭走動，步伐稍微快點也會冒汗。

阿桂按照古森吩咐，為煙渚準備了一套淡紫白花小袖。煙渚端詳鏡中倒影，卻吐不出半隻字。

---

22 負責於夜間在江戶、京都、大阪等地之城下町巡邏。

「不喜歡還是不習慣？」阿桂也瞧向鏡子。
「大概是裙褲穿久了，一時沒認出自己。」
怪不得煙渚自嘲，別說在大和，就連在島上，她都沒盛裝打扮過。
「依我說，你怎樣穿都好看。」
阿桂跟敬齋一樣，很會體貼人。
「我大約在夕七[23]回來。」
「小心點。」
煙渚依時來到左京山端川岸町的平八茶屋，等了一會，一個旅人也竄進二樓的小包廂。
直至奉茶的女侍退下，男子方除下塗笠。
「好久不見，安仁先生。」
「你今天很好看。」
明明是讚美的話，安仁說出口時竟一臉尷尬。
「謝謝。」煙渚含笑低頭。
「傷好了沒？」
「差不多了。」
「這個月過得怎樣？」
安仁聽罷煙渚的匯報，愧色浮於臉上。
「勉強你接受任命，是我不對。」

23 約下午四時。

「請別這樣說，要不是你安排，我就無法留下來調查師父的事。」

要說服古森，安仁惟有出此下策。

「說回正事，古森先生早前託我調查浪士的事，總算有眉目了。」

「你指長州那夥人？」

「對，今次就由你賣這個人情給薩摩。」

然後，安仁湊近煙渚，私語幾句。

「知道，我會照辦。」

四半刻[24]過去，安仁又朝江戶出發。以策安全，煙渚多坐了一會。可是，想要離開之時，煙渚偏碰見一個遭浪人糾纏的女人，她身邊更站著個四、五歲的孩子。

食客早如鳥獸散，只剩老闆靠邊站。

「大爺要你的錢是抬舉你，別不識趣！」

「奴家即使有錢，也不要給你這種假武士！」

「膽敢侮辱勤王志士！」

女人被浪人扯住髮髻，狠狠往後捽，整個癱倒地上。女兒哇的嚎啕，引得煙渚摸向腰間，可惜一無所得。

那頭的浪人經已亮出利刃，煙渚無暇思量，抓起茶杯就擲出去。

鐺——

刀鋒被撞得偏離軌道，女人的頭顱總算保住。

浪人掉頭一看，嗤之以鼻。

24 刻為時間單位，一刻為兩小時，半刻為一小時，四半刻為三十分鐘。

「還以爲是哪個不要命的傢伙，原來是個小姑娘。」
「你，隸屬何藩？」
「啊哈哈！你當自己是町奉行[25]嗎？」浪人伸手捏住煙渚的臉蛋，「你陪老子玩玩，老子便考慮告訴你。」
嗖──
涼風霍然掠過，銀光不偏不倚地架在浪人的眉稜骨上。
「這行爲要不得呢！」
說話者的語氣猶如鬧著玩。
浪士的手從煙渚的下巴滑落，身軀隨刀尖扭動，屁股咚的著地。
「你是……？」
「嘿，」劍士冷笑一聲，「你陪在下回壬生村，在下自然會告訴你。」
聽見「壬生」二字，在場無不毛髮直豎。
煙渚仔細打量劍士的背影，發現是角屋庭院裡的那個人；而他身後的男人，竟是迴廊上那名醉漢。
「總司，把他縛回去吧！」
「永倉先生，難得休假，我可不想這麼快回屯所。」總司嘟著嘴道。
「老闆，請給我根繩子，再派人到壬生村一趟。」
新八忙著將浪士縛在屋柱上時，總司見婦人已穩坐椅上，方才挺身而出的女子，正把小包金平糖放落孩子的掌心。

25 江戶時代的職稱，負責管理市內行政和司法。

事情擺平了，煙渚準備躡足抽身，怎料被新八擋住去路。

「好歹幫了你，怎能一聲不吭就走？」

煙渚死低著頭，含糊謝過即奪門而出。

「喂！」

總司一手攔住正要邁開步伐的新八，說：

「讓她走吧。」

「我好像見過她。」

「哦？在祇園、島原、先斗町，抑或——」

「傻瓜，住口！」

能讓新八老羞成怒，總司樂不可支。

嘩啦嘩啦嘩啦——

綾子剛打了半桶水，煙渚便從後門跑回來，穿進了月照間。

「櫻間先生，有消息！」

「你整夜去哪裡了？」辰央放下碗筷問。

「我原本想到街上買點東西，但途中遇見幾個可疑的浪士，於是……」

安仁查出，位於衣棚押小路的下妙覺寺町有家叫「大鷹屋」的甲冑店，店主是林田藩士大高忠兵衛，而他的義兄正是與諸藩關係密切的大高又次郎。去年八月後，又次郎離開了京都，忠兵衛則繼續經營業務，傳聞他一直為尊王攘夷志士提供武器。

「我清楚聽到那些浪士提起『大高又次郎』這個人，你認識他嗎？」

「他雖然跟勤王黨有來往，但是活躍於幕後，所以沒見過。」
「那些人還說在大鷹屋見過他。」
「……」
「櫻間先生，去看看吧！」
其實，大鷹屋對尊攘派來說絕非好據點，因為與此兩街之隔有一所銀座[26]，常有幕吏出入。當然，難得有半點消息，辰央還是想去一趟。
「請問有人嗎？」
辰央的語音落下未幾，汗流披面的忠兵衛便走出工場，坐上鋪板，用搭在脖頸的毛巾擦起臉來。
「想要甚麼？」
店裡除了甲冑，還有二手兵器出售，部分看來更是好貨色。
「薩摩脫藩赤崎櫻太想找大高又次郎先生。」
辰央單刀直入，忠兵衛立地舉頭。
「赤鬼？」
煙渚頭一次聽見這個名字。
「大高先生是否回來了？」辰央追問。
「不知道。」
忠兵衛斬釘截鐵地答道，再行到刀架前。
「幕府的爪牙正嚴密監視洛中志士，在下實在不希望他們有閃失，請你將知道的都告訴我。」

26 銀幣鑄造所。

聽到這裡，忠兵衛倏忽抓起眼前太刀，回身就劈。

鏘——

辰央差點來不及抽刀抵擋。

「不想他們有閃失？眞是笑話！當初協助幕府將長州趕出皇城的，不就是會津和你們薩摩這群鷹犬嗎？別以爲我不知道，你現在是大島吉之助的部下！」

忠兵衛使勁往下壓，辰央手腕一轉，甩開刀鋒，同時與之拉開距離。

「念在你曾爲勤王黨效力，快給我滾！」

忠兵衛揮一揮刀，收納鞘中。

「打擾了……」

辰央心裡明白，只要自己一日是薩摩人，就得承受母藩的罪孽；煙渚也只好把辯辭往下嚥。

六月五日，是京都祇園前祭「宵山」，四條通萬頭攢動。然而，很多人不知道，新選組早上曾突擊檢查四條小橋附近的炭薪商「桝屋」，逮捕了現名「喜右衛門」的勤王志士古高俊太郎，並搜出大量武器。

「辰央，怎樣？」半次郎問。

聞得古高被綁，辰央再次走訪大鷹屋，卻吃了閉門羹。

「難道只能空等？」他不忿地握住佩刀，叫煙渚同樣感到力不從心。

「櫻間先生，」綾子擱下熱飯，勸道，「無論如何請吃一點，不然連拔刀的力氣都沒有。」

「謝謝……」

踏入亥時，滲進屋內的梅雨氣味終教辰央懲不住。煙渚和半次郎跟著動身一刻，季實便手執紙條跑來。

「古森先生回報，會津藩正從二條下來，新選組也分成兩隊出發，一隊在祇園，一隊往木屋町去。」

「我去木屋町。」

眾人沒來得及反應，煙渚已提刀衝出後門。

「泉山！」

半次郎笑著一拍辰央的肩膀。

「祇園交給俺。」說罷亦疾馳而去。

煙渚走出四條，即察覺新選組惹來的陣陣騷動。她只好沿河原町而上，作遠距離盯梢，但一不小心就撞到站在貸本屋外與老闆聊天的町人。

「怎麼搞的？」

「對不起！」

見對方一身武士裝扮，町人更惱火了。

「你們這些浪人怎麼整天給我添麻煩？」

「浪人？」煙渚扯住町人的衣袖，「到底發生了甚麼事？快告訴我！」

「武士大人，請先放手！」還是貸本屋老闆較有身為平民的自覺。「忠助兄，你就告訴他吧！」

煙渚鬆開了手，那個叫忠助的男人拍拍衣袖，一臉不滿地道：

「那兩個人黃昏時到過我在寺町的店，找不到《日本外史》就發火，還說『這麼大的本屋[27]，竟連一本名作都沒有』，真氣人！」

「他們像哪藩的人？」

「大概是土佐吧！口音重死了！」

---

27 書店。

勤王黨的事驀地掠過煙渚的腦海。

「你知道他們去哪兒了嗎？」

「大約一刻鐘前，他們問過我取水，其中一個叫『藤崎』的說要到池田屋找人。」貸本屋老闆補充說。

「池田屋在哪裡？」

「三條小橋前。」

土方隊從祇園趕到池田屋的半刻鐘前，近藤已經帶著九人殺進去了。

「齋藤，你從前門進！原田，去把守後門！」

兩名助勤收到副長指令，即率隊行動。

「近藤先生，這裡交給我！」

一翻身，總司又砍倒一人。

縱使有五、六人正持刀相向，近藤還是二話不說，點點頭就衝下樓梯。他確實對心目中天然理心流的繼承人——總司的劍法充滿信心。

白刃在總司手中來去自如，他就像股龍捲風，轉眼把障礙通通移平。

「壬生狼——」

最後一人舉刀撲前，總司沉腰收肩，瞄準喉部，刺出劍尖。

「喀……」

對手一命嗚呼。

「你實在太沒禮……」

可是，話還未完，總司也倒在修羅場上。

那邊廂，煙渚拚命跑到三條河原町的十字路口，剛想從石橋町拐進去，便跟一個負傷浪士撞個滿懷。

「你、你是……？」

「站住！」

聽見新選組追兵呼喊，浪士馬上拔足朝右狂奔，土佐藩邸就在不遠處。煙渚一下子明白了，迅速起來截住那隊士。

匡——

交鋒一剎，煙渚方發現對手是……

「武戶叔？」

「你怎麼還在這裡？」

喀喀喀喀——

再度交手，煙渚依然敵不過武戶的腕力，被逼得單膝著地。也許跟土方等人相處久了，他的神態亦越發似匹狼。

「武戶叔，師父的事我仍未問清楚……」

「……」

難得武戶放鬆下來，煙渚即奮起撞開他。

「小平，閃開！」

鏜——

武戶的後頭霎時冒出另一個隊士，煙渚險些抵不住對方的迎頭一擊。

「小平，快追啊！」

儘管驚神未定，武戶雙腳還是動了起來。煙渚急得扭動手腕，斜刀斬落隊士的大腿。

「啊呀——」

另一名浪士被幾個會津藩兵趕至路口，無奈寡不敵眾，腹背連吃幾刀。

跟蹤會津軍而來的辰央很快認出，眼前血人乃跟勤王黨有交雜的野老山吾吉郎。他於是快步趕上，手起刀落，幾個追兵相繼倒下，野老山也乘機竄進左側的長州藩邸。

鐺！匡！鐺！

辰央聞聲回顧，望見煙渚仍跟新選組的人糾纏不休。

「受死吧！」隊士舉刀大喝。

煙渚下意識地側身一閃，抬腿朝對方臉上猛踢，那人即時翻倒在地。隊士起來之時，喉嚨已給白刃從後纏上。

「對不起，我還不能死。」

當夜，藤崎八郎在土佐藩邸切腹了。至於野老山吾吉郎，後來也重傷死在長州藩邸內。

根據「半平太會」於大正一年出版的《維新土佐勤王史》，兩人並非正式勤王黨員，卻被視為「精神之血盟者」。有說，他們當晚到池田屋，其實為了商議拜訪槐堂之事，只是沒料到就此掉進了歷史舞台。

日正當中，由池田屋啓程回壬生村的新選組，前程如屋外的雨後艷陽；相反，一班尊攘浪士仍為昨夜暴雨四處竄躲。

煙渚搜到祇園北面的一間茶屋，聽店家說，昨晚有位僧人伴著個體型魁梧的武士來投宿，但沒多久，僧人便離開了。

隔扇一開，果然是大高忠兵衛。

「我認得你，是赤鬼讓你來的？」

「會津藩在追捕你們，請跟我走，櫻間先生正等著。」

「其他人呢？」

「……」

其實忠兵衛早已心裡有數。

難得那忠兵衛願意聽從自己，煙渚沒揣的才出了門，就與幾個新選組隊士打了個照面。

「尊姓大名？隸屬何藩？」

忠兵衛二話不說，拔刀回應，可惜寡不敵眾，沒幾回合就被制服。

旁邊的煙渚自然成爲隊士的下一個目標。

「住手！」

半次郎從後趕來，擋在煙渚面前。

「此乃可疑浪士，請讓開！」

既然對方下了定論，難以溝通，半次郎心想只好訴諸刀劍。

「且慢！」

隊士退避左右，登場的是新八。他的拇指還纏著繃帶，大概是昨晚受的傷。

煙渚連忙別過臉去，半次郎再踏前一步。

「在下乃新選組副長助勤永倉新八，請報上藩屬和名號。」

半次郎就意識到到新八非泛泛之輩。

「薩摩藩士中村半次郎。」

新八一聽，即憶起近藤的告誡。

獲得神道無念流免許皆傳[28]的他，雖然不認爲自己會輸給半次郎，但薩摩藩與池田屋的事到底沒有關係，亂捉人或會導致薩摩與會津交惡，所以……

「吾等正在搜捕浪士殘黨。如無要事，請閣下盡快離開此地，以免造成誤會。」

「感謝提醒。」半次郎回望煙渚，無可奈何地勸道，「走吧。」

煙渚拉高織帶，蓋住半張臉，低頭走過新八身旁。新八看著她，像是記起了甚麼，卻又說不上嘴。

「等等！」

煙渚哆嗦一下。

「還有何貴幹？」半次郎不耐煩地掉頭。

「中村先生，好久不見。」

土方意氣風發地從新八背後現出。

「俺記得，是土方副長嘛！」

「我請留步的，是你身後那位。」

「彼乃我藩中人，並非不法浪士。」

「是嗎？」土方故意提高語調，「但是，我收到報告，昨晚有個纏著圍巾的武士爲協助浪人逃跑，在河原町砍死了我的部下。爲免造成誤會也好，惟恐漏網之魚也罷，我希望足下合作，讓他到屯所協助調查。」

不悅之色形於半次郎臉上。

「會津藩打算與薩摩藩爲敵嗎？」

28　「免許」即得到公布所屬流派的資格，「皆傳」指學會了該流派的所有技法；同時獲得上述資格，合稱「免許皆傳」，可以招收弟子。

「千萬別這樣說！」鬼副長皮笑著，「會津、薩摩，甚至我們新選組，也是為保護朝廷而存活，互相合作以確保皇城安全，才是吾等應做的事。若這位武士真的清白無辜，新選組必定親自送還貴藩藩邸。」

土方咬著不放，叫半次郎憋了一肚子氣。

「中村先生，讓我去吧。」

解鈴還須繫鈴人，這道理煙渚懂的。

「在俺找到證明前，要是彼身上少了一根汗毛，新選組將陷會津侯於不義。」半次郎特地走到土方耳邊放話。

「永倉，你們繼續搜查，我先帶他倆回屯所。」

土方吩咐完畢，就命人夾著煙渚和忠兵衛離開。

壬生村的規模不大，主要由三樣東西組成——町家、旱田和寺院。

從東面進入的話，首先會經過前川邸（新選組最大的宿舍），與其一街之隔的則是八木邸。

「謝了。」

煙渚在前川邸的長屋門前聽過忠兵衛最後一句話，就被帶進了八木家。

「吾乃新選組局長近藤勇。」

「在下認得，上次在千切屋見過。」

「薩摩藩的人都不會自報家門嗎？」

土方一臉厭煩，教近藤有點不好意思。

「在下泉山煙渚。」

「藩屬呢？」鬼副長迫不及待盤查起來。

「肥後脫藩。」

「爲何跟薩摩人混在一起？」

「鄙人不過碰巧被大島大人撿回去，貴組裡不也都是浪士嗎？」

「你……」

近藤見勢頭不對，趕忙打岔，問：

「泉山君，我上次注意到你的劍術不錯，不知是哪個流派？」

「不知道。」

眾人因這個快如閃電的回應而愣住。

「在下的劍術從家父身上習得，可他從沒說明流派。」

「你會柔術？」土方嚥不下氣。

「一招半式在土方先生看來也許是柔術，但對在下來說，只是受到攻擊時的正常反應。」

土方猜不到眼前小子這般伶牙俐齒，還以爲他身處狼群之中，定會嚇得屁滾尿流。

（得來硬的了！）

噌的一聲，土方那把長一尺九寸五分的「堀川國廣」已對準煙渚的咽喉。

「由我來測試你的身手吧。」

煙渚沉著注視對方。

「土方君，夠了！」

近藤和土方總是這樣，一個唱白臉，一個唱黑臉。

「局長，薩摩藩派來信使。」

土方聽見門外井上源三郎的話，只好收刀。

「泉山君，感謝合作，你可以走了。」

近藤閱畢書函，即下決定。

「局長！」土方尚不愜氣。

「源先生，麻煩你送泉山君出去。」

「知道。」

煙渚跟井上走到門前，近藤又突然張口。

「源先生，請醫師看過總司了嗎？」

「看過了，他說——」

「行，待會兒再談。」

煙渚先前還慶幸一路上沒碰見總司，這才知道他出事了。

「爲甚麼放他走？他可能跟池田屋的事有關！」

近藤把信紙遞給土方。

「大島吉之助親筆證明他倆昨晚在一起，我可以拿他怎樣？你想會津因爲一個小子向薩摩開砲嗎？況且，你也看到，他守口如瓶，是早有防範。」

明明抓到尾巴，偏讓對方溜走，悶氣在土方胸中不上不下。

同樣憋住一口氣的，還有此時俯伏在吉之助跟前的煙渚。

「煙渚，汝如此爲薩摩著想，的確很有勇氣，可是……匹夫之勇非大勇，汝昨晚的表現著實令俺失望。」

「大島大人，泉山是受了我的指使——」

「辰央！」

吉之助一吼，辰央立刻垂首，前者亦試圖平下氣。

「俺明白汝對那些浪士有特殊的感情，但彼等想挾天子以令諸侯啊！」

「那麼，敢問我藩的立場到底如何？」

眾人都不悟辰央會直戳重心。

「薩摩的職責是保護御所，若有人威脅陛下的安全，汝認為該怎麼辦？」

「……」

辰央理解吉之助的話，惜無法一刀斬斷過去。

「大島大人，俺要求到長州一趟。」

半次郎此話一出，在場無不詫異。

「理由呢？」吉之助定過神來問。

「經過今次事件，俺覺得長州對我藩的仇恨太深了，若不盡快化解，恐怕同類事件會再發生。」

「汝到了長州能幹甚麼？」

「俺知道自己是個微不足道的人，但不深入長州，很難得知其下一步行動。既然主公不准大人到長州，就由俺去吧！」

半次郎從懷裡掏出脫藩申請書。

「萬一俺被捕，請將此物交到藩府。」

年輕時的吉之助何嘗不是個勤王武士？他怎會不理解半次郎和辰央的心思？而且，薩長的裂痕加深，只會讓幕府坐收漁人之利。

「是泉山嗎？」

想起那個被自己了結的無名隊士，煙渚根本不能入睡。她披起羽織，才在屋外走上幾步，辰央的房間便傳來聲音。

「是……」

「要進來嗎？」

「打擾了。」

煙渚硬著頭皮拉門，逼手逼腳的來到窗邊。

今夜的天空僅附數點星光。

「怎麼了？被壬生狼嚇得睡不著嗎？」

「別說笑了……」

「嘿，仍是那樣逞強。」

辰央提起藏在黑蠟鞘裡的「波平行安」，那是一把長二尺三寸九分的薩摩古刀。

「想聽聽它的故事嗎？」

「……」

嘩啦嘩啦嘩啦——

那場雨下得很凶，縱使穿了蓑衣，來到田中新兵衛位於東洞院蛸藥師的陋宅，辰央還是濕了半身。

屋內另有兩個素未謀面的人，但一看頭頂寬闊的月代，就知道是薩摩人。

「櫻太，幹嗎這麼慢？快過來！」新兵衛的嗓音聽起來興奮不已。

「抱歉，雨太大，路不好走。」

辰央褪去黑袴，掛在竹竿上，然後坐到圍爐邊，朝那二人點首。

「彼等是橫目[29]鵜木孫兵衛和志志目獻吉。」

新兵衛一見辰央蹙眉，立馬解釋，道：

「放心，俺們是同道的。」

「膽敢在副城公上京期間脫走，大概只有汝一個。」鵜木翹起嘴角，「新兵衛，俺同意帶上這小子。」

「田中先生，到底發生甚麼事？」辰央低聲問。

「在伏見遇上汝那天，俺不是讓島田左近那傢伙逃脫嗎？」

「左近」是個官名，至於「島田」，其實是新兵衛口中「那傢伙」入贅後所得的姓氏。此人原是美濃國解魔法師之子，曾爲京都報恩寺及公家烏丸家奉公，後經岳母兼關白[30]九條尙忠家老女[31]的千賀浦推薦，成爲九條家[32]家臣。

島田是個能言善辯的聰明人，暗中結交大老[33]井伊直弼的家臣長野主膳，不但成功游說本來反對簽訂《日米修好通商條約》的九條尙忠轉爲井伊家的內應，更令一眾勤王派陷落「安政大獄」中。

總而言之，島田是血祭志士的熱門人選。

文久二年七月八日晚，他就曾經被長州藩士久坂元瑞、入江九一、寺島忠三郎等襲擊。

慶幸撿回小命的島田在丹波跑了一圈，又暗暗跑到伏見的九條別宅尋求庇護，結果讓岡藩的小河彌右衛門發現。此消息輾轉傳入新兵衛耳中，他於是聯同鵜木等四名同鄉，以及另外兩名岡藩藩士廣瀨友之允和福

29 藩內負責監察的職位。
30 天皇的輔佐官。
31 武家、公家中的侍女長。
32 五攝家（公家）之一，其餘四家為近衛家、一條家、二條家和鷹司家。
33 將軍的輔佐官，乃幕府中的非常設最高職位。

原武三郎追到伏見。

「孫兵衛，俺跟彼等到那邊搜！」新兵衛交代一聲，便隨廣瀨和福原而去。

「你是甚麼人？再不報上名號，別怪刀劍無眼！」

新兵衛聽到廣瀨的喊聲，加緊腳步上前，只見他倆正與一個青年對峙。一看對方持刀的架勢，新兵衛立地勸止。

「等一等！小兄弟，汝是薩摩人？」

辰央回想這一幕，正因爲新兵衛辨出自己的身分，他近來嘗試從各方面脫去身上的薩摩味。

「櫻太，」新兵衛露出得意之色，「那傢伙回來了。」

「你怎知道？」

此時，志志目開口了。

「昨日，俺跟孫兵衛到三條木屋町的茶屋『大村』喝酒，聽店家說，前三浦屋藝伎君香這幾天都往隔壁的料亭『山本』跑，那女人正是島田的相好。」

新兵衛兩手搭住辰央的肩膀。

「櫻太，以汝現在的情況，在洛中沒靠山不行。俺跟土佐勤王黨的武市先生提過，彼樂意讓汝加入。當然，先得給人家看看俺們的誠意。」

「所以呢？」

「這次與俺等一同行動，幹掉島田。」

七月二十日傍晚，新兵衛一行來到「大村」，待天色轉暗，即開展行動。新兵衛、鵜木和志志目由正門闖入「山本」。

洗完澡的島田正枕著美人的大腿乘涼，爲其搧風的君香一見刺客闖入，頓時嚇得花容失色。島田抓起煙草盆，扔向如猛虎撲上的新兵衛，再連滾帶爬越過庭院，直奔出後門。

「嗚呀——」

島田意想不到才露出半個身子，左肩至後背便綻開一道五寸長、兩吋深的傷口。

想要落下第二刀的辰央，忽遇鬼打牆。他甩手一撥，見原本下身纏布的島田，如今赤條條地朝上京竄逃。

「哇啊——」

追到二條善導寺前，辰央加速撲前又劈一刀，在島田背上劃出個大十字。

「天誅！」

島田一翻身，就被隨後趕來的新兵衛舉刀砍入腦塔。利刃深入四寸，卡在頭骨裡，而尚未試刀的鵜木和志志目就只能找屍首出氣。

結果，全屍總計不下十處刀傷。

辰央等人將島田拖到河原町長州藩邸旁邊，斬下其頭顱，再用竹竿掛在三條河原曝曬。新兵衛還親自撰文：

此人與逆賊長野主膳通合一氣，潛包禍謀，乃天地難容之大奸賊，故誅滅之，並梟首示眾也。

「想起來，當時的我還嫩得很。」

這男人怎能把殺人之事說得如此輕鬆簡單？煙渚實在難以理解。

「那是你第一次殺人？」

「沒錯。」

「你就沒感覺嗎？」

「你動刀前難道沒考慮過嗎？」

有，但煙渚承認那是個自私的決定。

「給你，好好休息。」

煙渚接過辰央手中的劍，出乎意外地很快便墜入夢鄉。朝早醒來，橫躺在榻榻米上的她發現身上還多了張薄被。

「泉山先生，早，不，午安。」

煙渚揉了揉眼，看清楚階梯下的綾子，問：

「甚麼時候了？」

「快晝九[34]了。」

煙渚一臉驚詫。

「櫻間先生吩咐奴家別叫醒你。」

「他在哪裡？」

「到藩邸去了。」

綾子盯住煙渚手裡的東西。

「這不是櫻間先生的劍？」

「啊……對了，他有帶刀出門嗎？」

「有，不過是把不常用的。」

煙渚這才鬆了口氣。

---

34 中午十二時。

「奴家立即給你做午飯，請到月照間稍等。」綾子說。

「謝謝。」

噌的一聲，銀光漏出。鋒刃上每道細小的缺口，都散發出血腥，牽動著煙渚的心緒。

「他的刀爲何在你手上？」

是古森，他從廊邊穿進來了。

「午、午安，剛回來嗎？」煙渚慌忙收刀。

「『刀乃武士之魂』，將自己的劍交給別人，不尋常呢……」

「不是這樣……」

古森提起眼梢。

「你給我注意點，別出岔子。」

「打擾了。」

綾子拉開隔扇，把飯菜端到煙渚面前。

「綾子，也給我來一份。」古森換上輕鬆的語調說。

「古森先生最近很忙呢！」

「閒著我何來飯吃？」

綾子笑了笑，又跑回炊事間。

「你在調查長州的事？」

煙渚望著剛叼起煙管的古森問。

「這件事你大可以不管。」

「爲甚麼？」

「大島沒要求你幹甚麼。」

「但是櫻間先生和中村先生……」

銳利的目光刹時切斷煙渚的話。

「這麼快就成夥伴了？」

「……」煙渚抖動的脣瓣無法敲出聲音。

「叫綾子把東西送到我房間。」

古森說罷，跺著腳爬上了二樓。

三章・野火不盡

半次郎離開京城的第三天，古森吩咐煙渚到白戶診療所一趟。

「嘩，是桃子！」

敬齋展開布包，眉開眼笑。

「古森先生說，前陣子麻煩你跟桂姨了，難得藩邸來了好東西，想請兩位品嘗。」

「自相識那天，他就是個麻煩。」

聽見敬齋的戲謔，阿桂尷尬地對煙渚一笑。

「阿桂，去把西瓜切開。」

「等等，得先讓煙渚試一下我給她做的衣服。」

寢室的衣架子上，掛著件印有紫白色瞿麥桔梗的靛藍棉質小袖。

「上次沒時間準備，讓你穿我的舊衣，眞不好意思。」

阿桂邊幫忙穿衣邊道。

「沒有，那套衣服很漂亮，我好喜歡。」

「這套更適合你。」

的確，看著鏡裡的自己，煙渚有說不出的喜悅。

「你換好衣服就回客室等著，我去準備水果。」

阿桂跑開沒多久，便有人喊門，但兩口子似乎沒聽著。

「抱歉，讓你久等……」

煙渚走到玄關，瞬息傻了眼。

「是你？」來訪者也一臉驚喜交加。

煙渚僵直地將水果盤捧進客室。

「沖田君，吃點桃子，可補氣血。」檢查完畢，敬齋硬把總司留下來，又指著煙渚問小夥子，「你們認識？」

「是——」

「不是！」

「哈哈哈！」總司被煙渚慌慌張張的神情逗樂了。「敬齋醫師，我跟小姐有過一面之緣，請問她是你的甚麼人？」

「她是內子的親戚，最近過繼到我家。」

接到敬齋的眼色，煙渚惟有順勢伸出雙手，指尖貼地，躬身道：

「奴家阿、阿泉，請多多指教。」

「原來是醫生的女兒，難怪能參透生死。」

「怎麼了？」

煙渚莫敢回應敬齋的提問，像有所顧慮。

「抱歉，我還沒正式跟醫師打招呼。」總司將背挺得更加筆直，「在下乃新選組副長助勤沖田總司。」

「啊……是嗎？」

兩個年輕人沒想到敬齋的口氣甚是平緩。

「阿泉，沖田君的方子裡有種藥材剛用完，你陪他去買，順道替我進貨。」

煙渚把單子交予藥種問屋的主人，說：

「老闆，請問有這種藥材嗎？」

「……」對方僅抖著牙關，鐵青了臉。

煙渚回頭一看，恍然大悟。

經過池田屋一夜，城裡的人對新選組或白眼頻加，或退避三舍，這店家該屬後者。然而，總司只對鋪裡的動物標本感到興趣。

「看來，我不該跟你進去。」

踏出店門，總司方開口道。

「我還以為你沒注意到……」

「這種事，毋須目見也能猜出來。」

看著總司的笑容，煙渚困惑了。

「被討厭也不打緊？」

「沒關係，」總司停下腳步，俯視淙淙鴨川水，「只要為了近藤先生。」

「近藤先生……是指新選組的局長？」

「你聽過？」

總司興奮折身，煙渚點了點頭。

「近藤先生果真一舉成名了！」

「你很喜歡近藤先生呢……」

總司察覺自己的反應有點過度，羞澀地別過臉去。

「九歲那年，我因為家貧被送到試衛館。要不是近藤先生教我用劍，我真的無法想像自己會變成怎樣一個人。」

煙渚聽著總覺得對方猶如在敘述自己的故事。

「謝謝你陪我去抓藥。」

儘管煙渚再三推辭，總司還是把她送回診療所外。

「別客氣，反正要給家父下訂單。」

有件事，煙渚一直想知道。

「沖田先生，你沒事吧？」

「甚麼意思？」

「聽說你在池田屋執行任務時暈倒，是否出了問題才……」

「原來你有留意我呢……」

煙渚霎時心跳耳熱。

「那次是因爲天氣悶熱才暈倒。」總司淺笑說，「我只是覺得最近有點累，又怕近藤先生過份緊張，所以偷偷來找令尊。」

「家父怎麼說？」

「大概是工作太忙，休息不足。」

「那就好了。」

「我……還能再來嗎？」

紅霞蔓延到煙渚臉上。

「當、當然可以，一定要把身子調理好！」

「也對……我先走了，再見。」

落日照亮了若有所失的總司，同時拉出一道屬於他的陰影。

煙渚站在二本松藩邸廊下，望著乍雨乍晴的天空。

（新選組……要是問沖田先生的話……）

「沒想到會變成這樣呢……」

辰央如驟雨轉瞬冒出。

「櫻、櫻間先生，有消息了嗎？」

「還未。」

兩天前的晚上，半次郎回到了京都。原因是長州邊境滴水不漏，根本無法潛入。

更重要的是，曾參與去年政變的三名長州藩家老[35]——福原越後元僴、益田右衛門介親施與國司信濃親相，聯同藩士久坂玄瑞和來島又兵衛，以及久留米藩的眞木和泉守保臣，以「請求天皇洗脫藩主的冤罪」爲名，正率領大軍上洛。

這個時候，福原軍與來島軍已經在伏見長州屋敷和嵯峨天龍寺架起陣營，久坂和眞木統領的軍隊也進駐了山崎天王山寶積寺。

「緊張嗎？」辰央問。

說實在，想到隨京都所司代出征到加茂川九條河原的新選組，煙渚難免忐忑不安。

「不，我在想，人爲何要自相殘殺？」

「當找到珍而重之的東西，你就會明白他們在幹甚麼。」

---

35 武家家臣中最高職位，負責合議管理領地的政治、經濟和軍事。

「那麼，對櫻間先生來說，甚麼是最重要？往昔的同伴嗎？」

辰央面對煙渚渴求的眼神，一時答不上嘴。

「也許是，也許不是。」他改而仰望密密麻麻的雨絲，「或者，我們只能問，哪個時代不是由屍體堆砌而成？」

沙啦啦——

雨勢加劇，打得庭院白茫茫的石卵地升起一層薄霧。

時光一晃，長州大軍在京城外已待了整整二十天。

幕府曾向伏見的國司軍發出撤退勸告，但遭堅拒。莫說二百多年前在關原的積怨，光算去年政變和池田屋的恥辱，即使天皇下令，長州三家老都不會順從。另一方面，朝廷的強硬派和宥和派，亦爲驅逐長州的問題爭持不下。

隨著局勢日益緊張，吉之助也增兵至乾御門，並派半次郎到長州藩邸轉達薩摩的立場，算是給予對方最後忠告。

「幕府的確曾要求我藩出兵，不過薩摩的責任是保護陛下，除非御所受到攻擊，否則敕令不下，俺絕不插手。」

可惜，長州心意已決。

七月十八日晚，大軍自嵯峨、山崎、伏見三方朝御所進發。

大垣藩、會津藩及新選組率先在伏見關口擊潰福原軍，惜追至墨染附近，敵方主將已在大阪登船逃跑。

丑時快過。

「大島大人，國司軍攻破了筑前藩駐守的中立賣御門，正向蛤御門前進！」

話音未落，另一藩兵又來上報。

「蛤御門受到來島軍攻擊，會津藩快抵擋不住了！」

「長州眞的瘋了……」吉之助攘臂而起，下令二百將士，「即刻前往蛤御門，擊退長州，保護陛下！」

薩摩兵力雖少，但長久以來與外國進行走私貿易，獲得大批精良武器，對於會津來說，可謂一場及時雨。

「啊呀呀——」

一記砲轟，炸得來島軍四分五裂。

砰砰砰砰砰砰！

長州藩兵逐一倒在薩摩的來福步槍下，看得會津軍傻眼。

「嗚！」

儘管來福步槍的準繩度非火繩銃能媲美，但眼界還是最重要，騎在馬背上的吉之助就這樣被來島又兵衛鑽了空子。

「泉山，快帶大人歸營！」辰央大喊。

「不，輕傷而已！」

吉之助捂著左腿，強忍痛楚。

「大人乃眾將之首，絕不能倒下！」後來改名「利良」的川路正之進加入勸說，「請大人將指揮權暫託俺，即使長州軍走到天涯海角，俺都會盡力殲滅！」

噌、噌、噌、噌！

彈盡的長州藩兵相繼抽刀上陣，辰央也拔刀迎戰，不費吹灰之力便幹掉幾個。

「危險！」

辰央聞聲反顧，背後敵人經已分成兩半，狹縫間現出半次郎的臉。

「抱歉，來晚了。」

二人相覷一笑。

「發射！」

砰砰砰砰！

「嗚啊！」

川路指揮下的銃擊隊，成功把吉之助腿內的子彈塞回來島胸中。

來島逃到前方清水谷邸外的巨樹下，心知氣數將終，便讓外甥喜多村武七協助介錯[36]，再以長槍刺喉自盡。

轟隆隆——

大勢如堺町御門旁的鷹司邸圍牆徹底倒下。

先前提及過，曾刺殺島田左近的久坂玄端和寺島忠三郎選擇切腹就義，入江九一則死於敵人的長槍下。

面對如斯光景的眞木保臣，只好帶著餘兵逃回天王山。

是禍躲不過，池田屋那把火終究點起了。

鷹司邸的砲火乘著燥熱，與長州軍散播在街頭的火苗匯流，席捲京城。

據說，這場大火持續了三日三夜。由堀川到鴨川、一條通至七條通，全城共三分之二面積受到波及。一百一十八個町、兩萬七千五百一十一戶民宅、一千二百零七個土藏、二百五十三間寺院和神社，以及六百間武家屋敷焚毀，災民堆滿各個河灘。

戰火也如城中烈焰繼續騰空。

---

36 指從後斬去切腹者的首級，令切腹者加速死亡，免其受痛苦之行為。

七月二十一日，薩摩藩、會津藩及新選組聚首天王山下，目標一致爲山上的長州殘黨。

「辰央，看到當年跟汝交手的壬生狼了嗎？」

「應該看不到吧。」

聽見半次郎兩人的話，原來拚命在那片淺蔥色裡尋覓武戶的煙渚，也扭頭定睛看著辰央。

「想不到就此跟薩摩聯手了。」新八瞄著遠處嘟嚕。

總司引頸望去，問：

「永倉先生，你在看甚麼？」

「中村半次郎，還有被土方先生帶回屯所的小子。」

「哪裡啊？」

「新選組聽令！」

最後一個步出軍帳的近藤喊道。

「總司、永倉君、齋藤君，各領十二隊士隨我上山！其他人聽從土方副長吩咐，守住山腳！」

「薩摩眾將聽令！」川路代表吉之助發號，「全軍嚴守原地，以防敵人突圍！」

砰！

半刻鐘過去，山上忽爾傳來槍聲，引得下方一陣騷動。

呼轟——

赤焰瞬間縈繞木屋，眞木扔掉火把，抽出佩刀，高聲喚道：

「諸君，就讓吾等的靈魂埋藏於此山下，以證誠心吧！」

來自五藩的十六名藩士——

久留米

加藤常吉任重　　松浦八郎寛敏

池尻茂四郎懋

土佐

千屋菊二郎菅原孝健　　松山深藏橘正夫

能勢達太郎平成章　　安藤真之助強怒

宇都宮

岸上弘　安臣　　廣田精一郎執中

肥後

小坂小二郎源雄宗　　加屋四郎藤原時雄

中津彥太郎藤原義直　　酒井莊之助

宮部春藏　　西嶌龜太郎

筑前

松田五六郎

一同拔刀和應眞木，並爲這場戰事畫上句號。

戰敗的長州對薩摩與會津恨入骨髓，連平民都在屐底寫上「薩賊會奸」四字洩忿。只是，長州人做夢也猜不到，踩在腳下的「薩賊」將助他們逃過一劫。

七月二十四日，幕府接獲朝廷敕令，受命征討「朝敵」。

時間暫且先回到三天前的晚上，煙渚還有一事必須弄個明白。

（自顯流、薩摩人、新選組、天誅、赤鬼、「應該看不到」……因爲對手已經不在人世嗎？）

煙渚捧著酒壺，盯著窗下的辰央，反覆思量。

「泉山，你是否有事要問我？」辰央凝視著杯中月說。

「那個……」

煙渚的心臟跳得連人也在晃。

「中村先生今天說，你跟新選組的人交過手，是嗎？」

「沒錯。」

「對手是誰？」

「……沖田總司。」

不知怎的，答案不是萬武佐，煙渚倒覺得鬆了一口氣，但是……

「爲、爲甚麼……？」

「大約一年前……」

自從將島田的人頭送給武市半平太作見面禮，新兵衛在勤王黨的名氣愈來愈高，他甚至與武市結拜爲兄弟。至於一起行動的夥伴，亦順理成章被視作「精神之血盟者」，繼續進行「天誅」。

今次的目標，是曾經集結尊攘志士的儒學者——家里新太郎。

勤王黨最近發現，家里與壬生浪士組[37]的鵜殿鳩翁不時有書信往來，於是一口咬定他洩露情報給幕府，繼而動此殺機。

---

[37] 新選組的舊稱。

其實，勤王黨的猜測不無道理，事關家里的義弟次郎也是浪士組成員。總之，家里這回脫不了關係。姬路藩士伊舟城源一郎、江坂元之助、江坂榮次郎、松下鐵馬和市川豊次，同樣在關注家里的動向。

五月十八日，踏入亥時不久，家里猶如自投羅網般出現在二條城附近，御城的對面正是姬路藩邸。

家里雖是文人，但觸覺甚爲敏銳。他走在東堀川上，察覺有團黑影一直尾隨，沒等對方揚聲，拔腿就跑；可是跑不到兩丁，路口又閃出一個男人。

「足下是否家里新太郎？」

家里退了一步，無疑是不打自招。

辰央拔出長刀，提起右腳，毋庸幾步，便撲到家里眼前。

「啊呀——」

刀鋒順勢落下，循左額至右腹將目標劈成兩半。剛好趕上這一幕的姬路藩士都只能張大嘴巴。

當中最年長的伊舟城乍著膽子，問：

「閣下高姓大名？」

辰央用懷紙拭去刀上鮮血，讓白刃收歸刀鞘，便消失黑幕下。此後，勤王黨人給他取了個外號——赤鬼。

兩天後，家里的首級出現在三條河灘，上面有一道用針線縫補的刀痕。縱然傳說家里死於姬路藩士之手，但曾目睹首級的近藤和土方推敲，他應該魂斷自顯流下。

同日夜晚，懷疑被幕府軍艦奉行並[38]勝麟太郎（海舟）說服、轉而支持開國的公家姉小路公知，在御所朔平門外遇到伏擊，負傷逃回宅邸卻返魂乏術。

由於兇案現場留有一隻薩摩式木屐，當晚有份保護姉小路的出石藩士吉村右京，便召集了城中鑄刀匠，

[38] 軍艦奉行（負責統領幕府海軍，監管軍艦製造和技術等）的輔佐官。

讓他們鑑定凶器，結果一致指出那是把薩摩長刀。烏丸東竹屋之町的刀屋「岩代」的工匠更表示，此刀與新兵衛早前交給他打磨的佩刀「奧和泉守忠重」十分相似。

人證物證俱在，縱使薩摩藩堅稱新兵衛遭人陷害，京都守護職松平容保還是在四日後下了拘捕令。

辰央收到此消息，即漏夜趕往蛸藥師報信，惜偏偏在途中遇上總司和新八。

「天誅」接連發生，對於成立才兩個多月，且剛獲會津藩備用的壬生浪士組來說，絕對是建功立業的好機會，他們因此自發到街上巡邏。

「來者何人？」新八攔路喝問。

辰央二話不說，乾脆拔刀。總司見是把薩摩刀，立刻按住新八的刀柄。

「永倉先生，請讓我來。」

總司抽出腰間長二尺四寸的「加州清光」，收起左肩，側身靠前，右壓劍尖，擺出平晴架式。

「哼，你莫非就是赤——」

「總司！」

新八的喊聲傳入耳門時，總司方驚覺辰央已撲到面前。

在無法掌握距離之下，總司往後一躍，勉強躲過揮落頭頂的白刃。兇悍的自顯流刀法，教他心裡捏一把冷汗。

後來被新八評爲「猛者之劍」的總司當然毫不遜色，重整架勢後，他決定先發制人，全力朝辰央的喉嚨刺去。曾受這種突刺攻擊的對手，全都生怯後退，惟獨薩摩男兒的無畏特質令辰央懂得以攻爲守，舉刀再砍。

鏘——

得意技被瓦解，從未與薩摩人交手的總司再也笑不出來。

「可惡……」

踢踢躂躂踢踢躂躂躂踢踢躂躂！

「你先走。」

幾個勤王黨成員適時趕到，辰央就趁機抽身。

抱憾的是，田中家早就人去樓空，不久便傳來新兵衛在獄中自盡的消息。

「大島大人，俺是半次郎。」

門後的吉之助正埋首案桌。

「甚麼事？」

「辰央和煙渚前來探望。」

「進來吧。」

三人朝著寬厚的背影伏拜。良久，吉之助才擱下毛筆，回過身來。

「抱歉，俺在給春嶽公[39]寫信。」

「福井藩的？」半次郎有點不解，「幕府不是已經下命茂昭公爲征長副總督嗎？」

「彼等似乎未立下決心。」

煙渚瞟一眼辰央，明白他縱然投入蛤御門一戰，但壓根兒沒有置勤王志士於死地的念頭。反之，吉之助支持嚴懲長州。

---

[39] 松平春嶽，福井藩第十六代藩主，安政五年為抗議幕府與美國簽訂《日米修好通商條約》而「不時登城」，獲謹慎處分，於是讓位予養子茂昭。

「大人的腿可好？」煙渚試圖緩和氣氛說。
吉之助笑著拍拍大腿。
「放心，藩醫說廢不掉的。」
「沒事就好。」
煙渚奉上竹籃。
「大人，聽說蘋果有助傷口癒合。」
「謝謝。」吉之助笑得有點奇怪，「這些蘋果該不會在巢鴨摘下來吧？」
這回換煙渚大惑了。
「兩年前，福井藩嘗試培植蘋果，傳聞在巢鴨下屋敷種了一百株。」辰央淡然解釋。
吉之助啖一口果肉，道：
「酸是酸了點，終歸有益。」
「大島大人，一個自稱『坂本龍馬』的土佐浪人求見。」
辰央聽見廊下有人傳話，眉梢爲之一動。
「終於來了……」早前，吉之助收到勝麟太郎的介紹書。「半次郎，扶俺出去。」
眾人俯伏在大廣間，等候吉之助上座。
「鄙人乃土佐脫藩坂本龍馬。」
龍馬穿著平貼的家紋羽織，裙褲卻皺巴巴的，髮髻也沒梳好。
「坂本先生，汝跟勝大人要求見俺一面，不知所爲何事？」
龍馬一瞥吉之助的小腿。
「鄙人聞說大人在蛤御門受傷，果然是眞的。不知你那一刻覺得痛嗎？」

「汝是甚麼意思？」

半次郎低吼一聲，眾人同時挺身。

吉之助揚一揚手，示意大家冷靜，然後摸著腿，應道：

「比起痛失家園的百姓，這種皮肉之苦，不足爲道。」

「敢問大人，長州百姓的性命是否不及京都百姓的？」

「不。」

「既然如此，薩摩爲何堅持征討長州這種禍及平民的舉動？」

福井那邊還沒搞定，土佐這邊又來找麻煩，吉之助眞猜不著勝到底在想甚麼。

「坂本先生，池田屋的浪士可曾想過，彼等的計畫會連累洛中百姓？」

「這個……」

「長州攻擊御所之前，又有否考慮過此舉會爲母藩帶來惡果？」

「那……」

吉之助伸出右臂，繼續道：

「這位是筑前脫藩櫻間君，另一位是肥後脫藩泉山君。彼倆試圖說服池田屋的志士，卻三番四次被拒。」接著展開左臂，「這是我藩藩士中村君。在長州進軍京城前，彼自願到長州當說客，但連邊境也到不了。」

龍馬的視線緩緩下垂，吉之助拄著拐杖來到他面前俯身。

「如今這結果乃長州一意孤行所致，是彼等選擇與眾人爲敵。」

「……」

「辰央，請汝招待坂本先生。」

半次郎護著吉之助離去。辰央半跪到龍馬跟前，問：

「坂本先生，找到投宿的地方了嗎？」

綾子把酒菜送到二樓的紅葉之間，龍馬今晚將在鍵直屋休息。

「坂本先生，請。」

辰央先給龍馬斟杯酒。

「謝謝。」

龍馬一飲而盡，換過來替辰央和煙渚倒酒。

「大火才過了一個月，這家旅館便能重新營業，不簡單呢！」

「這裡是薩摩藩御宿。」辰央邊說邊掃視四周，「很多地方得再修葺。」

龍馬把杯湊到嘴邊，瞄著兩人。

「大島大人說兩位乃脫藩之身，到底是怎麼回事？特別是泉山君，年紀輕輕就當浪人。」

「他惹上新選組了。」

煙渚結結巴巴的，辰央只好代爲說明。

「是啊……」龍馬吞下酒，「我的幾個同鄉也死在他們的劍下。」

「北添佶摩、伊藤四十吉、石川潤次郎、望月龜彌太、野老山——」

「爲何櫻間君你對土佐藩士如此熟悉？」

龍馬一臉訝異。

「實不相瞞，在下是薩摩脫藩，曾經爲勤王黨辦事。」

龍馬加入武市半平太他們不久，便改投勝麟太郎門下，所以從未見過辰央。

「這是你脫藩的原因？」

「不。」

辰央一杯灌喉，再執壺爲龍馬滿斟。

「坂本先生，說實話，在下不贊成征討長州。」

「可是，大島大人去意已決。」

「你認識福井藩的人嗎？」

「有又如何？」

「大島大人正催促福井藩表態，在下早聞春嶽公乃開明之人，他若能說服我主公——」

「櫻間先生！」煙渚意識到辰央漸漸步入漩渦。

「櫻間君，你嚇著這孩子了。」龍馬一拍對方的肩膀，「我認同你的看法，讓我想想。」

嘭嘭嘭嘭嘭嘭嘭嘭！

鍵直屋的大門乍然作響。

「櫻間先生，我去看看。」

「小心點。」

煙渚走到樓下，把綾子趕進炊事間，再靠在玄關旁，握緊刀柄。

「不好意思，敝店客滿了。」季實喊道。

「我有事找櫻間大人，請讓我進去！」

男人才跨過門檻，利刃便迎上其脖子。

「你是誰？」

「別、別殺我！」那人舉起兩手，僅僅一身僕役打扮。「我是板倉筑前守大人的家僕佑助。」

「佑助先生，怎麼來了？」

佑助一見辰央，立馬跪低，聲淚俱下。

「櫻間大人，請救救我家老爺！」

「大人怎麼了？」

「前天，新選組跑到伏見桶屋抓走了老爺，說他資助長州軍，還……還策劃暗殺會津侯……」

「暗殺？」龍馬大感震恐。

「壬生狼把大人帶到哪兒去？」辰央問。

「他們的屯所。」

辰央一把抓起佩刀，煙渚迅即攔阻。

「櫻間先生，不能去！」

「讓開！」

辰央才推開煙渚，又被龍馬捉住。

「櫻間君，冷靜點！」

「再不動身，板倉大人恐怕會被拷問至死！」

「你就急著去見龜彌太他們嗎？」

龍馬反嗆住辰央。

「在他們眼裡，你不過是一介浪士，即使把你砍了亦毋須負責。屆時非但救不到人，自己也白白送命。」

「坂本先生說的沒錯，」煙渚幫忙安撫說，「上次，新選組都沒有把我怎樣，相信板倉大人不會有事。」

「不一樣……」辰央左手扶額，「如此嚴重的罪名，他們一定是胸有成竹才行動。面對犯人，你覺得壬生狼會手軟嗎？」

「櫻間先生，」煙渚腦中泛起一個念頭。「我會替你查明大人的情況，但請答應我別輕舉妄動。」

辰央明知眼前人在洛中人地生疏，卻無法婉拒。

煙渚佇立在大谷本廟前的石小橋上，看著底下魚兒亂竄。

（我到底在幹甚麼……？）

「泉、泉小姐！」

總司來到橋頭，撐著大腿喘氣。煙渚立刻趕上，掏出手絹。

「沖田先生，沒事吧？」

「沒有……」

總司伸手想接過汗帕，卻錯捏住煙渚的手。昂首一刻，四目正好對上。

「對不起！」

面對女人，新選組副長助勤仍是個小子。

「天氣這麼熱，還要你特地過來，眞不好意思。」煙渚假裝整理髮鬢。

「不，是我太心急……」

言者與聽者似乎聞得弦外之音。

「你家現在怎樣？」總司急忙換個話題。

「情況不算嚴重，但暫時不能住。」

「這段日子，你們在哪兒寄宿？」

「敬……」煙渚又理一下鬢絲，「家父在伏見的朋友家。」

其實，敬齋和阿桂暫時遷進了古森在洛北今出川所租的長屋。

「好，平安就好。」

男人口中念念有詞，令煙渚不禁揣測他過去一個月的心事。

「沖田先生，」當然，她沒有忘記今天的目的。「我有件事想問你。」

「甚麼事？」

「家父有個相熟的伏見藥種商，前天去打招呼時，知道他家裡出了狀況——」

「伏見的藥種商？」

總司的眼神變得麻利了。

「姓武田的？」

槐堂出生於近江國坂田郡，三歲過繼到藥種商武田家，安政二年才獲一條家分支——醍醐家賜姓「板倉」。

「是……」

「你想知道板倉筑前守的事？」

「聽說抓他的是新選組……」

總司轉過身去。

「請告訴敬齋醫師，別再過問那人的事。」

煙渚繞到總司前面。

「被抓到屯所的人都會受刑，是真的嗎？」

「泉小姐，你的想法跟其他人一樣嗎？」

疲憊剎那溢滿總司的眼眸與咽喉。

「怎樣？開始覺得我可怕了嗎？」

煙渚無言以對，總司把手帕塞回她手裡。

「他早被送到六角獄，之後的事與新選組無關。」

涼風呼嘯而過，將人也吹走了。

元治二年一月，復姓「西鄉」的吉之助啓程前往下關。

龍馬返回神戶的海軍操練所不久，福井藩士堤正誼和青山貞便找上吉之助，說服他與升任爲軍艦奉行的勝麟太郎會面。

據勝於晚年所寫的隨筆《冰川清話》記載，兵庫開港的問題上，他當時在大阪如此對吉之助說：

> 集合加州、備州、薩摩、肥後，以及其他大名，採納他們的意見並啟奏陛下，以定國論。

聽君一席話，讓吉之助如夢初醒——長州的力量是必要的。

於是，吉之助透過與毛利家關係密切的岩國第十二代領主吉川經幹，向長州藩提出三項交換條件：一、發動「禁門之變」的三家老切腹；二、參與政變的四參謀斬首；三、移交潛逃到長州的五公卿[40]，最終成功化解了一場流血危機。

辦妥京都的善後工作，大久保也準備離開，吉之助在角屋爲他擺下送別宴。

---

40 實際上有七位公卿，史稱「七卿落難」。由於錦小路賴徳在元治元年四月二十七日病逝，而澤宣嘉在生野之變後逃出長州，所以只餘三條實美、三條西季知、四條隆謌、東久世通禧和壬生基修留在長州。

「一藏，」吉之助替大久保滿斟一杯，「俺才回來，汝便回藩，咱兄弟倆愈來愈難見面呢！」

「這樣汝才可背著俺幹壞事。」

大久保開完玩笑，痛快地乾杯，並將花君太夫一擁入懷，問：

「壬生狼最近怎樣？」

花君曾出現在土方炫耀自己女人緣眾的家書上，她到底傾向佐幕派抑或倒幕派，實在不得而知。或許作爲一名藝伎，她也是身不由己。

「自從上月山南總長去世後，那些幹部好久沒來了……」

煙渚不由自主豎起耳朵。

「——大人，泉山大人，請多喝一點。」但她很快被鹿戀的勸酒聲喚醒。

對方似乎看上這女扮男裝的劍客。

「在下已經差不多了。」煙渚慌忙以手覆蓋杯口。

「椿，過來替我斟酒。」

辰央到過角屋不下十次，主動叫人侍奉畢竟是頭一回，讓大久保好奇地往右瞄了一眼。

「辰央，俺好久沒欣賞汝的琴技了。」

大久保的話讓屋內的女人全興奮起來，一直默默把菜往嘴裡送的煙渚都睜一睜眼。

「恐怕要讓大人你失望了。」

辰央著實有點尷尬。

「想在京都弄一把薩摩琵琶，似乎有難度。」

「櫻間大人，你錯了。」花君得意地掩著嘴說，「敝店剛巧有個薩摩出身的樂師。」

「妾身現在去跟他借把琴。」

沒過一會，椿便抱著一把粗脖子、腹板高凸的桑木琵琶回來。

大久保剔起眼角，帶笑吩咐：

「來一首〈物狂[41]〉吧。」

辰央的表情忽爾變得不甚自然。

「那……在下獻醜了。」他拿起大如扇的撥子，輕敲幾下琴弦，確定調子後，淒然之音隨著弦動而起。

然而，映入煙渚眼簾的，是前室裡抱著三線琴的萬武佐；傳入煙渚耳中的，乃敘述琉球創世神話的古歌。

「果然，還是有辰央在身邊好。」

大久保似乎意猶未盡。

「吉之助，汝不是多了個副手嗎？辰央就還俺吧。」

辰央嚇得差點把琴摔到地上，吉之助倒是笑了笑。

「汝別弄錯，俺從沒綁著辰央不放，這事得看彼本人的意願。」

大久保遂轉向當事人，問：

「辰央，怎樣？」

「……」

「請大久保大人稍微考慮一下辰央的立場。」半次郎委實看不過去。

「半次郎！」

這小子有時候也讓吉之助頭疼。

「請恕俺無禮，但大人能保證辰央回到薩摩會快樂嗎？」

41 薩摩琵琶古曲，大約創作於一六九七年，作者不詳。有說是首戀歌，亦有說為武士對君主表明心跡的歌。

包廂內的人各自陷入沉思。

「大久保大人，」辰央放低琵琶，下拜道，「感謝大人一直以來的照顧，但是，藩裡有我不能回去的原因，這裡亦有我駐足的理由，所以……白費大人一片苦心，鄙人萬分抱歉！」

「汝還爲翔斗生俺的氣嗎？」

「不……」

辰央稍稍抬頭，聲音聽起來略略顫抖。

「翔斗的事，我只會怪罪自己……」

大久保結口一會，說：

「此事日後再議。」然後逕自斟酒。

目送半次郎和載著兩位大人的駕籠離去後，煙渚與辰央的任務也完成了。

「櫻間先生，怎麼了？」

辰央停在西洞院通上，仰望夜空。

「泉山，你到這裡快一年了。」

「是。」煙渚搞不清他的用意。

「發生了很多事呢……」

儘管月色朦朧，煙渚還能看清辰央俊秀分明的輪廓。

「櫻間先生不回藩的理由到底是甚麼？」

辰央愕然地注視煙渚。

「對不起，我只是不明白——」

「背叛。」

「……」

「我是叛徒，不配當薩摩武士。」

回到鍵直屋，煙渚靠在窗邊，反覆思索辰央的話。當然，單憑一年的交往，她即使想破頭也不會有答案。沉思之際，一塊碎石飛過眼前。煙渚往下一探，原來是半次郎。

薩摩男兒不但勇字當頭，義氣也是滿腹。席間，半次郎爲辰央出頭；席散，他氣得不能成眠，只能找個人暢飲舒氣。

酒一上，半次郎就連呑幾杯。

「俺說啊，兩個都有錯！」他經已有些醉意。「大久保大人不顧辰央的感受，強人所難，錯！辰央也太死腦筋，明明是受害者，卻一直自責，傻瓜！」

「中村先生，」煙渚想起一件事。「翔斗是誰？」

「翔斗……」

半次郎瞇眼瞅了她一會。

「彼是……辰央的親弟弟。」

安政五年九月，原定與水戶藩士約定排除大老井伊直弼的吉之助，因逃避幕府通緝而回藩，三個月後被流放奄美大島。接管精忠組領導地位的大久保，爲繼續探得諸藩於洛中的動向，暗地在「鄉中[42]」挑選剛滿十七歲的辰央進駐皇城。

「哥，大久保大人怎麼突然要汝上洛？」

42　薩摩藩武士教育組織。

坐在簷下的辰央回顧病榻上的翔斗，寒光照得他的臉更蒼白。

「是武士應做的事嗎？」

「對，」辰央特意笑一個，「大人視俺爲眞正的武士，所以才給俺任務。」

更重要的，是能換取弟弟無盡無休的醫藥費。

「那甚麼時候回來？」

「很難說……不過，俺一定給汝帶好吃的回來。」

翔斗緊抱一下哥哥的長刀，那是父親的遺物。

「不，只要汝成爲眞正的武士就夠——咳咳咳！」

辰央撲上去，讓翔斗靠在懷裡。

「好好休息吧。」

「哥，對不起，一直給汝添麻煩。」

「沒這回事。」

「要是能替汝去多好……」翔斗邊說邊闔上眼。

翌年年底，大久保從辰央寄出的密函，得知各藩浪士陸續潛入京城，焦急得向流放中的吉之助徵詢意見。

該如何部署下一步計畫？要是落入幕府手中，又該如何自處？

劫後餘生的吉之助變得謹慎許多。他勸告大久保單絲不成線，一不小心甚至會斷，現階段應見機行事。大久保明白前藩主齊彬死後，政權實質操控在年幼藩主茂久的親爹手上，於是改張易調，設法討好久光，試圖說服他貫徹齊彬的路線。

只是，久光技高一籌。

精忠組的脫藩計畫敗漏，爲免損兵折將，久光命茂久親撰諭告。

> 致精忠之士，單憑諸位力量，大局難挽。不如從長計議，靜候良機，讓我藩上下共襄盛舉。

這招果然收效，大久保等認爲藩內既有勤王共識，舉兵與否只是時間問題，毋庸急於一時、冒險前行，便乖乖回去。

可惜，身處江戶藩邸的有村雄助和有村治左衛門兄弟，由於身分卑微，未獲茂久所召，只得硬著頭皮，代表母藩貫徹斬奸大計，結果在安政七年三月壯烈犧牲。

櫻田門外的勝利，一時振奮在京勤王派之心。

說到這裡，得提一下與薩摩淵源甚深的公卿——近衛忠房。忠房之父忠熙屬一橋派，母親爲薩摩第十代藩主齊興的親妹，正室貞姬則是齊彬的養女。

久光本希望藉忠房的大納言[43]身分，請求孝明天皇下旨，讓薩摩向幕府興師問罪，迫使其改革，並趁機讓朝廷奪回實權；但忠房生怕薩摩的舉動過火而婉拒。

儘管如此，久光還是在文久元年歲末，立意組織一個大型武士參覲團進京。

「能駕馭藩內勤王武士的人，惟有大島吉之助。」

大久保如此向久光提議。

終於，吉之助在翌年年初獲召回薩摩，得以離開奄美大島。然而，他對於久光欠缺周全考慮的參覲大感

---

43 「太政官」（最高國家機關）官位，負責參議庶事、敷奏、宣旨、侍從和掌管獻替。

失望，遂以腳痛爲由，跑到指宿溫泉療養。

夾在中間的大久保火速飛到南端調停。

「吉之助，汝好不容易獲赦，怎能躲起來啥都不幹？」

「一藏，要是陛下拒絕久光公的要求，哪怎麼辦？」

「只要俺們堅守當初的路線，近衛大人定會襄助。」

「若參覲期間，國中發生事故，由誰處理？」

「主席家老下總大人會留守扶助主公。」

「如果上洛途中或抵京後出現騷動呢？」

「京中早有俺的線眼，如有異常，俺定能先發制人。汝只要先行打通九州脈絡，讓久光公順利通過便可。下關至京都的路，俺自會陪彼完成。」

吉之助不忍拒摯友於千里之外，於是在文久二年三月二十二日，以「大島三右衛門」之名，與村田新八、森山新藏先抵下關。可是，與諸藩武士暢談間，吉之助驚聞大批九州浪士正雲集大阪。本性急躁的他沒等久光同意，僅留書大久保，便連夜離開。

「大島大人，我是古森，大久保大人推薦的人來了。」

辰央收到伏見薩摩藩邸通傳，即動身到宇治萬碧樓，由古森領進房間。

「鄙人櫻間辰央拜見大島大人。」

「櫻間君，請起。」

吉之助先端詳一下小夥子，再問：

「聽大久保大人說，汝在洛中已有一段日子，如今浪士的情況如何？有見過我藩藩士嗎？」

「有馬大人集結了一批藩士，近來頻繁出入伏見寺田屋，準備等參覲團進京，然後……」

事關重大，辰央也難於啓齒。

「然後怎樣？」

「推舉久光公，以武力討幕。」

「甚麼？」

事情可謂既證實了吉之助的預言，又超出了他的預想。

此時，一個薩摩飛腳[44]求見，並呈上大久保的信函。

久光來到下關不見吉之助，本已大爲憤怒，怎料更聞得他在京都勾結浪士並意圖發動暴行的流言，便立刻命大久保帶他回藩。

六月六日，吉之助再遭判刑，流放德之島。

大久保將辰央報告的消息呈明後，久光讓人將有馬新七等精忠組員安置到二十八號長屋，以便監視。

其實，久光此行根本未得朝廷和幕府允許，勤王派誤解其意也自然不過。遺憾的是，他們心中構築的完美藍圖，與重視秩序的久光並不相配。參覲團打從開始，僅是久光的一隻棋子，他只想藉今次行動提高薩摩藩的地位，並非眞的要倒幕。因此，久光接獲朝廷鎭撫志士之命，就派大久保去勸說有馬一眾，惜不歡而散。

得不到母藩支持，有馬等決議單方面行動。四月二十三日，他們於寺田屋密謀殺掉佐幕派的關白九條尙忠，以及所司代酒井忠義。

久光獲知情報，心想軟不吃就來硬，立即派八名劍客到伏見鎭壓。最終，連同有馬在內的六人陣亡，其餘兩人重傷。主謀之一的田中河內介被捕，並與其子左馬助在遣返薩摩的船上遇害。久光雖因而取得孝明天皇的信任，卻換來京中志士（特別是薩摩藩）的失望。

44　相當於現今的郵差。

另一邊廂，辰央在騷動過後不知所蹤，大久保私下命人搜尋，結果在長建寺發現了他。人影逼近，辰央如驚弓之鳥拔刀相向。

「汝等先退下。」

兩個藩兵聽從大久保之意離開，然辰央未敢鬆懈。

「辰央，汝幹麼逃跑？」

「大久保大人，爲甚麼……爲甚麼殺死有馬大人？」

「彼輩違抗上命，俺也沒辦法。」

「是俺，是俺害了彼等——」

「不是！」

大久保遞出右手，邁開一步。

「辰央，汝已完成任務，跟俺回去吧。」

「嘿……」辰央的嘴角略微扭曲。「俺怎能回去？幹了這種卑劣的事，翔斗一定很失望。」

「辰央，令弟……翔斗彼……半個月前……」

大久保伸出的手徐徐落下。

「對不起！」

夢見低著頭的大久保，躺在寢室裡的辰央猛睜開雙眼，氣喘吁吁，臉上一陣灼熱，猶如當晚逃離長建寺。

大久保出發後不久，新選組正式由居住了兩年的壬生村，遷入堀川花屋町下的龍谷山本願寺。京都人稱此爲「西本願寺」，因其東面有另一所淨土眞宗寺——眞宗本廟，爲便於區分，後者被稱作「東本願寺」。從古至今，宗教與政治的關係密不可分。本是一家的兩所寺廟，卻因此分離。

西本願寺第十一代法王顯如圓寂後，豐臣秀吉將三男准如推上法王之位。原應繼任的長子教如則得到大名德川家康支持，於慶長七年在烏丸七條上另創東本願寺。

在這個歷史成因推動下，東本願寺成爲佐幕派，西本願寺則暗中襄助勤王派，所以西寺僧侶根本不歡迎新選組蒞臨。未知是否志士的怨靈詛咒，新選組日後不斷往下移陣，離皇城愈來愈遠。

新選組遷營的第三天，也是煙渚和安仁約定的日子。

煙渚依時來到祇園的鍵善茶屋，但將近黃昏，安仁仍未見蹤影。爲抵擋老闆的不屑目光，她只好再叫一碗黑蜜葛切。

「仲山先生，這裡！」

沒過多久，武士裝扮的安仁終於現身。

「對不起，來晚了！」他解下長刀便入座，「途中遇上見迴組，差點被帶回去問話。」

「還好沒事。」

煙渚舒一口氣。

「早前長州進攻御所的事，你有參與嗎？」安仁小聲進入正題。

「嗯……薩州的武器相當先進，要是他們再次攻打我國，恐怕……」

在蛤御門見識過薩摩軍的實力，煙渚就一直擔心。

「內部局勢一日未穩，加上夷人覬覦，相信他們無暇對外。我反而擔心薩摩這次幫助長州，以後的形勢會有變化，你千萬要小心。」

「知道。」

「萬武佐師父的事有進展嗎？」

「除了知道是自顯流刀法，其餘一無所獲，除非……」

「怎樣？」

除非向總司打聽，他知道的應該比武戶多。

鐺鐺、鐺鐺、鐺鐺、鐺鐺——

半鐘打斷了對話，安仁與煙渚跑到街上，只見不斷自八坂神社湧下的人潮與町火消[45]擦身而過。他倆剛踏上四條大橋，總司和新八就領著一番隊迎頭而來，煙渚立馬以織帶掩面。

「等等！趕著去哪兒？」

遑論煙渚與安仁，隊士也覺得新八問得出奇。他的心思，大概只有一起出生入死的戰友——總司才能讀懂。

「永倉先生，莫非他就是被土方先生帶回屯所的人？」

總司的神情冷得像變了另一個人。

「兩位，」安仁冒險搶到煙渚前面，「災難當前，不應先救助百姓嗎？」

總司和新八的確搞錯方向。

「沖田隊長，大火往這邊蔓延了！」

站在總司身後的武戶彷彿在為煙渚和安仁解圍。

「永倉先生，隊務要緊。」

話落，總司便跑開去。新八哼了一聲，也和武戶追上去。

這場大火燒了整整一天，一千零二十五間民房付之一炬。對岸別過回祿才半年，彼岸又遇祝融，京城可謂屋漏偏逢連夜雨。

45 江戶時代的消防組織。

回到西本願寺太鼓樓，新八嘴裡仍嘮叨著橋上的事。

「那傢伙老是躲在別人背後，像個女人一樣！」擦頭的毛巾被他啪嗟的摔到地上。

「同行的男人認識嗎？」近藤問。

「有點眼熟……又似乎沒見過……」總司托著腮細想，「總之長得不像薩摩人，言談挺知書達禮。」

「說不定那傢伙背著薩摩在搞鬼。」新八就是看煙渚不順眼。

近藤點首和應。

「土方君也直覺他可疑。」

總司難得聽見土方跟新八同一個鼻孔出氣。

「山崎先生有打聽到甚麼嗎？」

要是土方在，肯定心裡暗罵總司戳破自己的處事方式。

「正在調查他的落腳點。」近藤摸摸下巴，「其實川島君提過，上次在池田屋外，除了那小子，還有個身手不錯的浪士，他的刀法跟赤鬼有八分相似。」

總司的眼神又磨利了。

「川島肯定？」新八問道。

「雖不能確定，但川島出身洛西，曾多次目擊遭『天誅』的屍首，所以他的推斷不無道理。」

「聽說赤鬼來自薩摩……哎呀呀──」新八惱得猛搔頭，「九州的都這麼麻煩！」

「總司，」近藤朝他看去，「你不是跟赤鬼交過手嗎？覺得怎樣？」

總司回他一笑。

「是個有意思的人。」然後起身走到障子門邊，「眞想再見他一面……」

四章·締盟之血

這年四月，改元「慶應」未幾，就傳來幕府決意再討長州的消息。

「與家老大人回藩？爲甚麼？」

吉之助回來不到一個月又動身，讓辰央有點意外。

「幕府要求我藩出兵，俺得去請示主公。」

「此事上次不是解決了嗎？」

「德川是不滅長州心不死。」

吉之助擱下茶盞。

「辰央，這趟半次郎會一同回去，洛中得拜託汝跟煙渚。若有風吹草動，一定要盡快報告。」

「遵命。」

「幕府不久前才處決了天狗黨幾百人，還要求我藩將三十五人流放到大島，要不是西鄉大人收留彼等到薩摩——」

「半次郎，別說了。」吉之助闔眼憶念，「俺只是不希望彼輩活受罪，那些島民也過得太苦了……」

大島的生活著實不堪回首，長於斯的煙渚固然瞭解。

閏五月二十二日，德川家茂率領十六個藩（合共約六萬衛士）上洛覲見天皇，以「長州藩圖謀不軌」爲由奏請出兵。沒揣的，朝廷翌日斷然否決二度征長，家茂的如意算盤完全打錯。

至於薩摩，藩裡早埋下倒幕種子，加上與長州的關係剛明朗起來，又怎會襄助毫無利益的幕府？吉之助今趟回國，本想順道到下關與長州藩代表——桂小五郎商討合作細節；但是，跟曾化名「西山賴作」的土佐藩士中岡慎太郎乘坐「蝴蝶丸」經過佐賀時，吉之助突然收到藩令，不得已折返京都。

「西鄉大人，你不辭而別，難道久光公不想跟長州和解？」

龍馬驚聞吉之助失約，即奔赴二本松藩邸。

「實在很抱歉，幕府不斷催逼我藩出兵，副城公命俺率先回來處理。」

「那麼，貴藩給幕府的答案是……？」

「當然拒絕！」

缺乏雄藩薩摩的支持，幕府後來果真大敗給長州。

「我明白了。」龍馬會心微笑，「請放心，桂先生方面，我會想辦法擺平。今天就先談妥合作梗概，之後重新安排你倆見面。」

「好，坂本先生有何高見？」

「西鄉大人似乎跟坂本先生聊得很開，與長州結盟的事大概能成吧？」

端坐廊下的煙渚試圖打探內情。

「也許。」辰央不敢妄下判斷。「不過，有件事……」

「甚麼事？」

「有個叫『酒井兵庫』的新選組隊士最近脫逃，外面流傳他祕密勾結我藩的海江田武治。雖然藩府證實事情純屬虛構，但此事說明我藩與幕府的關係愈來愈緊張，所以你要避免接觸與幕府相關的人。就算上回是被迫帶到新選組屯所，只要有人存心誣陷，你也百口莫辯。」

煙渚背後一涼，腦裡同時浮現一個人。

監察山崎知道酒井認識一個同樣出身攝州的在京僧侶，並查得那人於大阪的別宅，土方於是命總司連同五個隊士，來到寺廟如雲的東南面搜捕酒井。

自從傳出大阪西町奉行所與力[46]內山彥次郎的死乃新選組所爲，這邊的官吏已忌他們三分；加上長州攻擊御所後，新選組緝拿殘黨的舉動震懾整個大阪，今次他們一開口，奉行所也不得不全力協助。

很快，總司找到了酒井藏匿的天王寺村。

夜半一至，確定酒井獨個兒在屋內，總司就令兩人把守前門、兩人扼守後門，接著與武戶直闖寢間。逃出西本願寺後，過往遭私下處決的隊友仍纏著酒井不放，讓他無法安睡。四半刻前，他便察覺外面樹影晃動，於是把視線以內的東西都塞到被褥中間，並躲起來，打算趁機逃跑。

可惜，酒井忘了對手是多次參與肅清行動的一番隊隊長沖田總司。

總司持刀行到屋外，便覺少了股人氣。他拉開門，一瞥牀鋪，即伸手攔住旁邊的武戶，並喊道：

「酒井，這麼晚還不睡啊？」

酒井深知無路可退，只好爬出壁櫥，朝總司俯伏求饒。

「沖田先生，求你放過我吧！我眞的沒有串通薩摩人！」

「那爲何逃走？」

「我、我覺得組裡的氣氛愈來愈恐怖！」

酒井瀕臨崩潰狀態。

「每次耳聞目睹同伴被殺，我就怕有天會輪到自己，眞的受不了！」

看著一頭栽到榻榻米上嗚咽的酒井，總司頓時火冒三丈。

46 江戶時代輔佐町奉行的官職，地位高於「同心」，具中下級旗本待遇，能在城中行使行政、司法和警察權。

「你要是光明磊落，根本不用怕！」

「你們現在不是照樣誤會我勾結薩摩人嗎？即使我不逃走，你們肯定寧枉勿縱吧！」

——被抓到屯所的人都會受刑，是真的嗎？

「……」

酒井吊眼看看總司，見他稍微放軟，立刻拔腿往門外衝。

總司旋即回神，左手一提，肩膀一斜，腳下嗒的一聲，橫刀捅入酒井頸後。

「嘿啊……」

刀尖穿過酒井的喉嚨而出，他僅發出一下微薄的嘶叫，便整個人直撲地面。

「喀……咳咳咳！」

死寂的空氣被總司的咳嗽猛烈戳破，大概是腥味刺激到他的咽喉。

「隊長，你沒事吧？」

「沒……咳咳咳！」

總司努力調整呼吸，再帶笑盯住武戶，說：

「回到屯所，別讓我聽見別人在背後議論啊！」

汗水滑落武戶的耳背，喉嚨裡的「是」字欲吐不吐。

「咳、咳咳！」在診療室裡的總司趕緊別過臉去，「對不起……」

敬齋放下聽診器，提筆寫方子。

「最近經常勞動嗎？」

「嗯，有點忙……」總司邊整理衣服邊回道。

「覺得不舒服就該休息。」

敬齋瞟了總司一眼，見他左顧右盼。

「在找甚麼？」

「啊……沒——」

「阿泉不在。」敬齋把眼光移回案上。

「她甚麼時候回來？」

「有事嗎？」

總司低垂的臉漸漸泛紅。

「我想……」

七月六日夜，正式踏入七夕祭，家家戶戶、神社寺院、鴨川沿岸都插著笹飾。難得鬼副長破例，毋須值班的幹部和隊士都幾乎往外跑，總司戌時也在八坂神社的臺階下引頸以待。

另一方面，季實特地提早打烊，並在月照間爲眾人設席張筵。古森像完全沉醉於佳餚裡。

（要是向沖田先生打聽……）

——你要避免接觸與幕府相關的人。

煙渚想得甩甩頭，她下午跟阿桂見過面就一直犯愁。

「櫻間先生，你待會兒有事嗎？」

綾子十八歲到鍵直屋打工，季實早把她當女兒看待，不斷替她物色好夫婿，但總是「襄王有心，神女無夢」。直至辰央出現，形勢方重回正軌。季實雖不贊同綾子委身於劍客，卻從未阻撓，因爲這個男人說不定會在某天消失，屆時便可當作黃粱一夢。

「我……」

辰央望向對面的煙渚，刻意提高嗓音，說：

「我有事跟泉山出去。」

煙渚滿腹狐疑地看著辰央。

「你忘了嗎？」

「我……」

——怎樣？開始覺得我可怕了嗎？

「不……」煙渚還是想見總司一面，「我們走吧。」

古森斜睨煙渚的背影，只希望她不要出甚麼岔子。

「沖田先生！」

總司等了半刻鐘，終於聞得一把女聲。可是，他的嘴角剛揚起一半，又往下墜。

原來是原田的妻子阿雅。

「沖田先生，你在等誰呢？」

「我……」

「我知道了——」原田竊笑逼近，「是女的！一定是！」

「沒這回事！」

總司一把推開他，紅著臉扭頭就走。

「小心別讓土方先生撞上啊！」

兩口子看著小夥子慌急的跑姿，笑得合不攏嘴。

總司逃到祇園町北側，走過了幾家店，然後停在一間髮飾鋪前。

「武士大人，請隨便看看。」店主開眉展眼的趨步而上。

總司先在店裡轉了個圈，再利落地抓起一根仿樹枝打造的銀簪，其末端長有三朵大小不一的櫻花，並伏著兩隻小鳳蝶，做工相當精細。

「老闆，這個幾錢？」

「武士大人，你眞有眼光！這是本店手工最好的髮簪，盛惠二両。」

老闆咧嘴一笑，牙齒不僅整齊，且白得泛光。

回望那邊廂，辰央和煙渚正沿鴨川信步而行。

「抱歉，硬把你拉出來。」

「沒關係，在屋裡納悶得很。」

「要憩一會嗎？」辰央指著身後的螢茶屋[47]，「你剛才沒怎麼吃東西。」

「嗯……」

辰央點了些小菜，又溫了兩壺酒。池田屋事件開始，他好像變得嗜酒了。煙渚只悄悄地將菜送入嘴裡。

辰央提起酒壺，往煙渚的酒盞滿斟。

「陪我喝。」

「櫻間先生，我——」

「別拒絕我。」辰央先飲爲敬。

煙渚無可奈何地拿起杯來，小口啜飲，她實在不喜歡這種辛辣的味道。

「這不是我們在祇園抓到的薩摩人？」

兩個男人各牽著一個遊女從包廂下來，煙渚認得其中一人當日有份帶她回壬生村。

---

47 夜間營業的茶屋。

「七夕祭竟然找男人陪，果真是薩摩人的癖好！」

辰央啪的一聲將酒杯叩向桌面。

「請兩位離開！」但他的另一隻手尚未碰到刀鞘，煙渚就率先揚聲。

「嗤！這店又不是你開的，大爺我偏要多坐一會。」

左邊那隊士的屁股剛貼落椅子，煙渚便迅捷挺身。彈指之間，刀鋒已架在他的右肩上。其餘三人嚇得半張著嘴，發不出聲音。

「走！」煙渚發出最後警告。

儘管不忿氣，兩人終究有自知自明，趕緊拉隊離場。

煙渚無力地返回原位，咕嘟咕嘟的連吞幾杯。辰央的脣瓣貼著杯口，眼睛瞄著對坐的人。

「沖田先生！」

「還未到嗎？」

怎麼又是阿雅？她和原田參拜完畢，正從石階下來。

原田看著總司也覺累。

「不來了吧？」

總司沒有吭聲，但也是這樣想。

「阿雅，你先回家，我跟總司去喝杯酒。」

「不用了。」

總司拋低一句，便拖著孤影走遠。

雖喝了兩壺，煙渚卻出奇地毫無醉意，倒是辰央腳下有點浮動。

穿過四條綾小路的相之町時，辰央步履忽而一斜，倒向右側的煙渚。她不由自主退了兩步，靠到別人的屋簷下。

「在想甚麼？」

耳邊傳來男人的低喘，撐住那片灼熱胸膛的力氣快將耗盡。

「甚麼意思？」

「你今晚很奇怪。」

「我沒事。」

「騙人。」

「真的沒有……」煙渚張望四周，「櫻間先生，回去吧，這樣子不大好看。」

「爲甚麼？」

煙渚還沒搞清話中意，辰央已磨頭邁步，她的脖子瞬間一陣滾燙。

「走吧。」

望著辰央漸遠的身影，煙渚僵得提不起腿。

潑剌、潑剌、潑剌、潑剌——

無論煙渚在井邊怎麼洗，似乎也洗不去頸項的餘溫。

「我從未見過那傢伙喝醉。」

她哆嗦一下，見叼著煙管的古森在背後露出詭異的神色。

「發生甚麼事了？」

「古森先生，薩人的癖好是甚麼？」

「幹、幹麼問這個？」

煙渚從頭到尾描述一遍茶屋的事。

「櫻間先生對這件事似乎很在意。」

古森倒是留意到辰央近來看這丫頭的眼神不太對勁。

「放心，這件事再怎麼扯，也不會牽涉到你頭上。你只要注意別給我添亂就行了。」

不知怎的，煙渚驀然記起辰央在角屋演唱的歌。

這天，兩個薩摩藩士與新選組的人在東山械鬥，結果一死一傷。

辰央和半次郎拉開藩邸客室的障子門，見煙渚對面坐著一個身穿黑色紡緞上衣、仙台平裙褲的男人。

「俺是薩摩藩浪士取締方中村半次郎，請問足下尊姓大名？」

武田觀柳齋首次聽聞半次郎的名字，是從近藤口中。當然，自蛤御門一戰，半次郎的名堂也託吉之助的福而打響。

「吾乃新選組五番隊隊長武田觀柳齋，請多多賜教。」

煙渚發覺武田的頭抬得沒剛才高，語調也謙遜了一點。

「武田先生，關於我藩藩士的妄行，俺已略有所聞，勞煩到足下，著實抱歉。」半次郎說。

「沒事，但貴藩部分藩士的確令百姓頭痛，希望中村先生能向西鄉大人好好反映。」

「當然，這是俺的職責。」半次郎轉向煙渚，問，「死去的是誰？」

「橋口四郎。」

「武田先生，請問橋口到底魂斷誰的刀下？」

「他……」

武田又是這麼一個人——喜歡邀功卻懂得審時度勢，眼前擺明不是一般的查問，搞不好會被秋後算帳，所以隨口回了半次郎一個隊士的名字。

「哦，是啊？可以請彼來解說一下嗎？」

武田沒想到半次郎會提出這樣的要求，也搞不懂為何情勢會反客為主，好像他們才是去茶屋強徵資金的浪士。不過，半次郎的氣勢委實壓倒了武田，後者無奈答應。

武田本想親自去召喚那隊士，順道迫他承認斬殺橋口，怎料半次郎以武田乃客人為由，差遣煙渚去辦。

那隊士被領進來時，臉上明顯寫滿問號。

「鄙人乃新選組五番隊伍長池田小三郎。」

「池田先生，是汝殺了橋口四郎嗎？」

小三郎一聽半次郎的話，立即瞪圓雙眼，正要張口解釋之際，前面的武田回頭對他說：

「池田君，你放心，中村先生只是循例問問，你儘管把自己的英勇行為講出來。」

池田小三郎出身於江戶，是小野派一刀流的高手，於池田屋事件後四個月加入新選組，最近擢升為伍長兼劍術師範。他對於靠口術而非劍術上位的武田擔任自己的上司，其實不太服氣。當然，新選組大部分人對武田的印象本來就很差，土方也是考慮到這點，才刻意提拔劍術出眾的小三郎。

如今知道自己被出賣，小三郎只得歸咎於命不好，被編入五番隊。他只好鼓起勇氣，發揮一下急才，將「實情」和盤托出。

今天近中午時分，橋口四郎和隈本莊助來到東山一家茶屋用膳，正想結帳才發覺彼此都沒帶夠錢。隈本覺得，與其被說白吃白喝，不如反過來敲詐店家一筆，走也走得威風。兩人於是又拍桌子，又推椅子，嚷得其他食客都跑了。

店主尚右衛門見狀，偷偷吩咐僕人喜治到新選組報案，然後又撒謊說要到別宅拿錢，特別弄些好菜好酒讓橋口和隈本在店裡等。因此，當武田和六名部下衝入店內，兩人還在推杯換盞。

戰鬥從橋口擲出手中酒杯開始。站在前排中央的武田額頭中杯，即使戴了鉢金，仍感到一陣暈眩；待他稍微清醒，橋口的刀已來到頭頂。幸好，站在後面的小三郎舉刀一擋，武田才有命一腳踹開橋口。

橋口向後褪了幾步，武田即刻拔刀上前，想橫刀砍入。沒料到對方反應特快，利用最後一步回蹬，舉刀反撲。鏘一聲響，武田的愛刀被劈成兩半。小三郎即時衝前，一刀揮向橋口，成功轉移他的目標。兩人糾纏的同時，隈本也陷入苦戰，四名隊士雖未至於精英，但寡不敵眾，隈本多處受傷，束手就擒。

武田不堪於隊士面前受辱，竟趁小三郎與橋口僵持不下之時，抽出短刀刺進橋口的側腹。橋口癱軟在地，餘喘幾下，死不瞑目。小三郎蹲下來，用手輕掃橋口雙目，再抬頭盯著失態的武田，眼裡更多的是不屑。

當然，以上並非小三郎對半次郎所說的版本。若然小三郎直接把自己和武田的角色對調，必死無疑，他也不想無辜背負卑鄙小人的罪名，惟有說橋口死於混亂之中。

「原來如此……既然橋口不義在先，又學藝未精，死於池田先生手中亦無可厚非。」半次郎裝出一副深明大義的樣子，「池田先生，爲答謝汝坦誠協助，請留步享用完點心才回去。」

「不——」

「這是我們新選組的職責，中村先生不用客氣。」

武田爲免節外生枝，急忙替小三郎回絕。

「我們趕著回去覆命，先告辭了。」

武田和小三郎點過頭，便由藩兵引領離開。

「中村先生，我之前問過隈本——」

「煙渚，這個池田小三郎是條好漢。至於那個叫武田的，俺不想再見到。」

半次郎始料不到，兩年半後會跟自己欣賞的小三郎再有交集。

年關一到，大久保去年投進河裡的石子，終於擊起水花。他最近買入石藥師寺町的一所房子，有空就叫辰央來博奕，今日亦如是。

「汝今天似乎不在狀態。」

大久保的視線明明沒離開棋盤。

「對不起，我的技術退步了。」

「那丫頭怎樣？」

大久保啪的下手。

「丫頭……？」

「嘿，不明白汝等為何隱瞞，怕俺吃了彼嗎？」

「不，只是不知從何開口。」辰央邊打量局勢邊回道。

「那丫頭……」大久保瞟看對面，「是汝駐足的理由嗎？」

辰央的手一抖，棋子咔咯掉進原定的格子旁邊。

「結束了。」

大久保一舉把辰央將死。

「老爺，有客人。」

辰央回過頭去，見一個陌生的男人正將賀年糕點交予大久保的僕人。

「原來是新選組參謀伊東先生，幸會。」

大久保的笑臉讓辰央心裡起了疙瘩。

「不敢當，倒是在下終於有幸一睹大人的風采。」

伊東曾兩度在二本松吃閉門羹。

「突然登門，如有失禮，望大人海涵。」他看一看旁邊，問，「這位是……？」

「薩摩藩士櫻間辰央。」辰央不帶表情地自我介紹。

大久保在角屋遊說不成，只好請吉之助幫忙，藉他之口請求久光恢復辰央的藩籍。原因是，以他藩浪士的身分爲薩摩辦公，實在名不正、言不順。面對近年建樹甚多的吉之助，久光爽快答允，而辰央更是不好推辭。

區區下士竟能陪伴身居要職的大久保下棋，伊東不禁對他泛起一絲興趣。可惜，面如冠玉的伊東在辰央眼裡偏帶著幾分妖氣，頗令人倒胃口。

「同樣是薩摩人，敝隊的富山彌兵衛眞不及閣下秀氣。」

伊東這番話更教辰央噁心。

「他因爲一時衝動殺了人，方在去年脫藩。」

「哦，藩裡有這麼個人嗎？俺怎麼沒印象？」大久保摸起下巴來。

「大人你日理萬機，記不住一個小藩士不足爲奇。不過，話說回來，貴藩武士都是精英呢！富山君入隊僅兩個月就晉升伍長，眞不枉我當初費盡唇舌，說服近藤先生讓他留下。」

「哦？那眞多得伊東先生對敝藩藩士的厚愛。」

「不、不，在下只是對富山君產生同病相憐之感……」

伊東的神態一下子委屈起來。

「此話何解？」

「在下當初受近藤先生力邀入隊，一心想爲陛下效力，但與新選組共事日久，發覺有違本意。」

「哦？俺還以爲足下與新選組有著共同志向。」

「其實，在下想過改變近藤先生的想法，惜勸了半年，著實感到無能爲力。說實話，在下很同情長州的處境，更佩服貴藩西鄉大人的義舉。在下若能跟兩藩氣誼相投之士分憂共患，即使丟了性命也甘願。」

「伊東先生，請珍重，俺聽說脫隊要切腹的。因這種無理的規定而犧牲，委實不值啊！」

大久保又笑了笑，說：

「足下暫且忍耐，等到時機合適，再堂堂正正離隊亦未晚。屆時，汝就可隨心所欲，跟同道之士建立大業。」

目的達到，伊東滿心得意揚揚，緊接將話題一轉，晃到棋盤上。

此時，煙渚正修書告知身處江戶的安仁，薩長結盟不遠矣。

「泉山先生，是奴家。」

「綾子小姐嗎？甚麼事？」煙渚匆匆把信函塞進抽屜。

「樓下有個自稱『富山四郎太』的人要找櫻間先生。」

煙渚記得辰央提過，大久保聽聞江戶深川加賀町北辰一刀流道場主人——伊東甲子太郎，去年年底加盟了新選組。可是，曾到水戶遊學的伊東深受勤王思想影響，不可能無故跑到佐幕派的陣營。大久保由此推斷，伊東會對薩摩人感興趣，遂安排因幹掉藝州藩士而不得已脫藩的四郎太混入新選組，並爲他取了個新名字——彌兵衛。

「在下乃西鄉大人的部下泉山煙渚。請問閣下找櫻間先生所爲何事？」

「櫻間先生如今在哪？」

「去拜會大久保大人了。」

「啊！伊東先生不也是……」彌兵衛沉思一會，「泉山先生，土方歲三派監察跟蹤伊東先生，知道彼多次暗赴薩摩藩邸，懷疑彼跟汝等有交流。請拜託櫻間先生將此事通報大久保大人。」

「我知道了。」

辰央回到鍵直屋，發現燈火通明，便覺奇怪。一問煙渚，方知彌兵衛曾經到訪。

「伊東的確有意投靠我藩。」

「這豈不是自取滅亡？」

誰都清楚新選組的規矩。

「歡迎光臨！」季實刻意放開嗓門，讓聲音傳到二樓。

兩人立即躡足至梯間，小心探頭，只見玄關站著個高大白皙的年輕藥種商。

綾子捧來一盆熱水，那人翻身坐上鋪板，脫起草鞋來。

「請準備一個房間，我得住上幾天。」

「這位客官，非常抱歉，敝店的房間全滿了。」季實矬身道。

「這眞的讓人困擾了，我已經跑過好幾家店……」男子一臉懊惱地回望女將，「可以請其他客人合宿嗎？」

煙渚和辰央對視一下，生出同樣想法。

「老闆娘，請你先招呼這位客官用膳，奴家到相熟的宿屋問問。」

綾子解下束衣帶，轉身就去。季實給男子奉上熱茶。

「料不到京中局勢動盪，仍有這麼多人到訪。」

「欸！最近投宿的人可多了。」季實陪個笑臉說。

男子拿起杯子，又問：

「都是些甚麼人？」

「哪裡都有。」

「有常州藩士嗎？」

「這……倒沒見過。」季實反問，「客官是常州人嗎？」

「不，我從江戶來的。」

結果，男子沒等綾子回來便離開了。

躂躂躂躂躂躂躂躂——

「站住！」

去年九月，長州藩主毛利敬親致函久光，敲定了薩長聯合。此刻，龍馬和愼太郎正爲合約細節，拚命說服吉之助和改名「木戶孝允」的桂小五郎。只是，他們從戌時談到亥時仍未定案。

輪到煙渚出外巡邏時，竟讓她遇上個黑衣人。

噌！

煙渚拔出刀鞘裡的小柄[48]，朝目標的小腿猛力投擲。

「嗚……」

黑衣人頓時失重倒地。

「你到底是甚麼人？」

煙渚抽出佩刀，架在對方肩上問。

「你殺得了我嗎？」

這聲音教煙渚猶豫了。

---

48 小刀一種。

黑衣人不慌不忙地站起來，復身解下面紗。

「武戶叔？」

「薩摩跟長州是否要聯手？」

「這……我不清楚。」

「你在薩摩這段日子到底幹嗎？」

「武戶叔，我想知道更多關於師父的事。」

「我不是都告訴你了嗎？」

「爲甚麼師父會跟薩摩人打起來？他們在哪裡打？當時有其他人看見嗎？」

「夠了！人都死了，原因甚麼的都沒所謂。目前最重要是薩摩的事，龜川該不會只叫你呆待在這裡吧？」

「沒所謂……？」

一下子，煙渚覺得眼前的武戶極爲陌生。

「師父是你的朋友吧？怎能說沒所謂？」

「煙渚，萬武佐決定來大和的一刻，就應該有所覺悟吧？」

——你有赴死的覺悟嗎？

沒錯，萬武佐曾經這樣問過自己，但，這就代表他能死得不明不白嗎？

「煙渚，改變琉球人民的命運才是我們應做的事。」

「改變命運？甚麼意思？」

「你在島上可曾吃過一頓米飯？可曾住過這麼好的房子？」

住的也算了，不過，煙渚的確是來到大和方能每天嗅到飯香。

「煙渚，附庸薩州也許不是龜川親方想得那麼壞。」

「這麼說，你是要背叛親方？」

「我只是要走我認爲正確的路！」

「……」

「試想像一下，要是薩長聯手打倒德川，創出新時代，大和必定更繁盛。屆時琉球正式歸附，我們就可以過著大和人的生活，不用再忍饑受餓——」

「誰說薩人一定會照顧我們？」

煙渚禁不住回嗆。

「即使他們會，琉球亦不再是我們的家了！」

「看著親愛的人受苦卻無能爲力的心情，你怎會明白？」

武戶怒目相向，警告說：

「總而言之，你若再礙事，別怪我不留情。」

白白目送武戶離去後，煙渚回到二本松藩邸。

「煙渚，追上了嗎？」半次郎問。

「那個……可能是幕府的密探。」

「會不會是新選組？」辰央揣測道，「富山早前不是說過，他們知道伊東想投靠我藩嗎？」

煙渚和半次郎各自沉思，半晌，後者揚聲。

「煙渚，汝負責保護坂本先生。」

「是。」

「等等！」辰央喊道。

「櫻間先生，如今應盡快轉移場地。」

「……我去稟報大人。」辰央甩頭就走。

近藤和土方翌日收到消息，即率領十名隊士，直踩到龍馬和長府[49]藩士三吉愼藏下榻的伏見船宿寺田屋。

女將登勢和龍馬的戀人楢崎龍到玄關迎戰。

「近藤局長，未知你大駕光臨，所爲何事？」

登勢跟近藤交過幾次手，對她來說，新選組搜查不過如老朋友聚舊。

「我收到消息，幕府通緝犯坂本龍馬正在貴店，可有此事？」

登勢雖爲一介女流，但近藤清楚她非泛泛之輩，必須小心處理。

「哦，奴家怎麼記不起有這樣一位客人？」登勢托一下髮髻，磨頭對阿龍說，「你去翻查名簿，看看有否近藤局長所說的人。」

阿龍將名冊拿到近藤面前，才翻了兩頁，就被土方搶去。

登勢臉色一沉，道：

「土方副長還眞有禮貌呢！」

在土方的立場，對待私藏罪犯的人根本不用客氣。他將名簿從頭到尾翻了一遍，再倒過來掀一回，才心有不甘地闔上。

「怎樣，土方副長？」登勢擺出勝利姿態問，「近藤局長，雖說你們新選組有搜查的權利，可不能冤枉良民啊！」

---

49 長州藩支藩。

「抱歉，打擾了。」

近藤領軍撤退，藏在梯間備戰的煙渚總算鬆一口氣。

「可惡！薩摩御宿就如此牢不可破？」

土方退出寺田屋，忿然嘮叨起來。近藤乍聽之下，覺得不甚對勁。

「你來過嗎？」

「不，只是前陣子派山崎潛入鍵直屋失敗了。」土方緊蹙著眉，「莫非屯所有內間……？」

辰央端坐寢室中央，看似全神貫注地爲愛刀「波平行安」上粉，但打粉棒紊亂的節奏出賣了他的思緒。

唰——

隔扇忽地敞開，辰央麻利抬眼，冷冷的道：

「不會先打招呼嗎？」

「啊，對不起，我還以爲是泉山的房間。」

古森摸著頭笑說。

「對了，泉山呢？」

「半次郎先生讓她去保護坂本先生。」

辰央拿起奉書紙，輕輕拭去刀上的打粉。

「這種事她應付得了嗎？」

「這是她的分內事。」

「分內事？薩摩的事爲何不是由你這個薩摩人去辦？」

古森的確想這樣說，只是沒開口。

（武戶叔既然認同薩人統治，為何還留在新選組？）
煙渚伏在寺田屋的窗邊，忽而恍然大悟。
（莫非他打算將新選組……？）
「泉山君，別看了，過來吃東西。」龍馬邊啃著烤墨魚邊喊。
這兩天，寺田屋一如往常，惟獨煙渚莫敢鬆懈，時刻監視著街上情況。
「對，泉山先生，請休息一會。」阿龍先給三吉獻茶，「眞想不到，以前想過刺殺龍馬先生的中村先生，如今竟派來護衛。」
「我都跟他說有三吉兄了，而且……」龍馬拔出腰間的「史密斯威森二號」三十三口徑六連發手槍，「還有高杉君送我這個。」
煙渚走過去，凝視著那柄烏油油的傢伙。
「泉山君，見過手槍沒有？」
煙渚搖搖頭，問：
「坂本先生，打倒幕府後，日本會變成怎樣？」
「你對政治感興趣？」
龍馬的興致來了，他放下烤墨魚，說：
「我希望趨向自由平等。」
「會像夷人一樣侵略別國嗎？」
眾人一時瞠目。煙渚連忙解釋，道：
「那、那個……夷人不就是用堅船利砲強逼我們開國嗎？薩長聯軍如今有了洋槍洋砲，一旦成功倒幕，下一步到底會怎樣做？」

「原來泉山君是和平主義者……」龍馬挺直腰肢，「以後的事，我不敢擔保，但我會盡力避戰。」

「西鄉大人跟你有同樣想法嗎？」

「你跟隨他都有一段日子，你覺得他是個怎樣的人？」龍馬反問。

島上流傳過不少吉之助的偉跡——將俸祿分給村民、與當地貪官抗爭、傳授村童知識……可是，他的大愛能提升至國家層面嗎？

「我只知道他是個好人。」

「那就夠了。」龍馬捉住煙渚兩肩，「泉山君，你要記住，一個人的力量不足以推動整個世界，薩長結盟就是好例子。反之，時代變遷亦非一個人能阻止。」

「……」

見煙渚眼瞼半垂，若有所思的樣子，龍馬即笑著遞上烤墨魚。

「請！」

飽醉過後已是丑時中刻，龍馬和三吉席地而睡，煙渚則坐在窗下小歇。阿龍收拾妥當，也到樓下浴室享受一番。

煙渚自知不勝酒力，剛才只敢小酌半杯，因而很快被外頭的竄動驚醒。她朝窗下探頭，心裡一算，屋外同心[50]沒有上百也有數十。

正當煙渚想喚醒地上兩人，隔扇猛然打開，背後是赤裸裸的阿龍。

「快逃，外面都是奉行所的人！」

龍馬和三吉醒了過來，又爲眼前景致愣住。煙渚立刻脫掉羽織，蓋在阿龍身上，並吩咐她躲起來。

---

50 江戶幕府下級役人，隸屬諸奉行、京都所司代、番頭等，在「與力」管理下負責巡邏、庶務等警備工作。

「坂本先生、三吉先生，我去看看，你們待在這裡，如有不妥就跑。」

煙渚悄悄走下梯間，見登勢在玄關和與力對峙。

「搜！」

話不過三巡，與力便下令衝進屋裡。煙渚跑回梅之間，拔出佩刀。

「快報上名來！」與力帶著十個同心來到樑下。

「俺乃薩摩藩士……高坂龍次郎。」

儘管龍馬努力模仿吉之助，但口音怎聽也覺得彆扭。

與力歪著臉掃視三人，眼光忽然停在龍馬腰間的「史密斯威森二號」上。煙渚趁此時橫刀收肩，往前一踏，直刺入與力的右肩。

混戰一觸即發。

砰！

龍馬退到窗邊，拔槍朝天一發，在場同心無一不嚇得蜷縮起來。煙渚乘機走到龍馬右側擊退敵人。反觀守備左邊的三吉，因爲樓房偏矮，無法自如揮舞長槍，對戰頗爲吃力。

砰！

龍馬伸手到窗外，又開一槍，屋外同心頓時雞飛狗跳，騰出一遍空地。三吉擔當開路先鋒，龍馬隨後跳下去。

「哈啊——」

龍馬的腳尖才剛著地，一個同心便執刀撲上，劈落他的左手，痛得他連槍也甩掉。三吉忙於招呼接踵而上的死敵，根本無暇顧及別人。龍馬慌忙以另一隻手抽出長刀，竟又一次讓對方先發，砍傷前臂。

「嗚啊……」

危急關頭，煙渚單手舉刀，縱身躍下，斬落那個同心的腦後，血漿如火山噴發。她拉起龍馬就跑，三吉再刺退兩人，也緊追上去。

「坂本先生！煙渚！」

障子門啪一聲敞開，煙渚手裡的調羹凝在半空，龍馬的嘴半張著，站在門邊的半次郎身後露出一雙快快不悅的眼睛。

「中村先生、櫻間君，早啊！」

龍馬看來比他倆更精神。

「抱歉，我雙手都受了傷，阿龍又未到，不得不借用泉山君。」

辰央的視線剛好與龍馬對上。

「嚴重嗎？」半次郎盤坐下來。

「藩醫說無大礙，只是食指可能廢掉。」龍馬舉起左手笑說，「這次多得泉山君和三吉兄，我這條命才保得住。」

昨晚三人逃到大手橋前的木材場，龍馬的臉色經已褪了一半，煙渚惟有跑到三條街以外的東堺町薩摩藩邸求助。

「坂本先生，別客氣，這是在下的本份。」煙渚略略探腰道。

「煙渚，三吉先生和汝有受傷嗎？」

被半次郎搶在前頭，辰央只得把話往肚裡吞。

「託你的福，我倆無恙。」

「施襲的是否新選組？」

「不，是伏見奉行所。」

「中村大人，林肥後守大人來了。」一個藩兵來到門外通報。

「幕犬，讓我會一會他！」

三吉抓住長槍跳起來。

「三吉先生，請交給俺處理。」半次郎先安撫對方說，「辰央，麻煩汝到藩醫處檢查施藥。煙渚，汝留在這裡照顧坂本先生。」

「三吉兄，你也去休息吧！」龍馬儘量配合半次郎。

煙渚鞠躬送走了三人，便闔上門。

「煙渚小姐……」

背後輕喚如同芒刺，煙渚一時僵直得無法動彈。

「果然沒猜錯。」

煙渚滿眼敵意的折身。

「坂本先生，你想怎樣？」

「這句話，應該由我來問你。」龍馬往前一傾，「你打算怎樣？殺了我？」

「……我不會。」

「因爲我是西鄉大人的客人？」

「不，還有很多人需要你。」

「哈哈哈，你果眞不是當劊子手的材料！」

龍馬往回一靠，朗聲大笑。

「放心，我是你救的，絕不會恩將仇報。」

「你爲甚麼會知道？」

「純粹巧合。」龍馬咧嘴而笑，「能冷静面對異性裸體的人，只有兩種。第一種是見怪不怪的老手，可你不是；第二種是對方有的東西，自己也有。」

紅潮瞬即由煙渚的頸項湧上兩頰。

「但是，好端端的女子爲何假扮男子去投身戰場？」

龍馬察覺煙渚又生出稜角。

「別誤會，我沒打算查探甚麼，只是想起江戶的一位朋友。」

「像我一樣的女子？」

「對，跟你一樣厲害。」龍馬的笑容明顯沒方才自然了。

半次郎來到客室，一見林忠交即先禮後兵。

「敝人乃薩摩藩士中村半次郎，讓肥後守大人久等，實在很抱歉。」

「中村，我就單刀直入，交出坂本龍馬。」

林忠交爲上總國請西藩第二代藩主，是個譜代大名，於安政六年接任伏見奉行一職。然而，才石高一萬的小藩在半次郎眼內根本不是一回事。

「敝人愚昧，敢問此人乃何許人士？」

氣得面部抽搐的林忠交大喊一聲：

「土佐脫藩坂本龍馬！」

「脫藩？」半次郎乾笑道，「林大人，敝人可是浪士取締，怎會把浪人藏起來呢？當中必有誤會。」

「是嗎？」林忠交瞇起眼睛，「我的部下說，當時除了坂本，尚有兩人在場。有人認得其中一位乃貴藩藩士，是個束髮、戴圍巾的年輕人。」

半次郎收起笑臉，理直氣壯地說：

「敝藩藩士裡沒有一人如大人所述。」

林忠交見對方態度強硬，也不願多糾纏，決定回去另謀妙策。

朝廷昨日批准家茂處分長州的奏議，當中包括削毛利氏封地十萬石及命敬親父子蟄居。容保下令近藤陪同閣老[51]小笠原壹岐守長行到廣島，近藤於是在啓程前向土方交代組裡事務。

聞得廊下的腳步聲，兩人立刻閉嘴。

「局長，伏見奉行所來使候見。」

信使在客間見過近藤，就匆匆離開，趕往下個目的地。近藤打開林忠交的親筆書函，愈看眉頭愈緊。

「甚麼事？」

土方接過信件，閱畢也氣上頭來。

「我們果然被登勢那女人騙了！」

「薩長同盟之事看來屬實。」

「哼！絕不能讓坂本跑進薩摩藩邸，更不可被見迴組捷足先登。今晚就派一番隊和二番隊出動，加強下京的巡邏。」

「不！總司還沒病好，改派齋藤君去。」

「近藤先生，你太少看我了。」總司倚在門邊，「這麼有趣的事，怎能不讓我參與？」

「總司，中村到伏見去了，可能還有赤鬼。」

---

51 「老中」的別稱。「老中」為江戶幕府最高職位，直屬於征夷大將軍，負責統理全國事務，定員四至五名，於譜代大名中挑選。

「正好讓我跟他作個了斷。」

「總司！」

「就這樣定了，我幫你轉告永倉先生。」

總司揮揮手就走，完全漠視組裡地位最高的兩個人。

數天後，待奉行所的監視稍微鬆懈，煙渚等人便商討如何潛回城中，負責總指揮的是半次郎。

「古森先生已在藩邸準備妥當，三更一過，俺們就出發。辰央，汝跟三吉先生護送阿龍小姐先行動身。

俺——」

「中村先生，保護坂本先生是我的職責，難道你們不再信任我？」

三吉對今次遇襲仍感歉疚。

「三吉先生，請別誤會。正因在下相信汝的槍術，才拜託汝護送阿龍小姐；而且，汝另有重任。」

「甚麼意思？」

「對方一定以爲坂本先生與阿龍小姐形影不離，因此俺們需要一人假扮目標。」

三吉豁然開朗。

「明白了，請將此任務交給我！」

「阿龍，路上小心。」龍馬輕輕搭住阿龍的手，「櫻間君，阿龍拜託你了。」

辰央立即將視線從煙渚身上挪開，點首允諾。

「請你放心。」

三吉跟龍馬對換衣服和髮型，丑時一到，便與辰央和阿龍走出藩邸。

門外雖有幾個同心守候，但長刀一出，通通懾於辰央的氣勢而未敢追捕，只得跑回奉行所報告。

稍後出發的半次郎、龍馬和煙渚進入東洞院通，已是寅時。三人一路往北走，經過佛光寺通的十字路口時，竟與西來的新選組狹路相逢。

兩路人馬相距不過一丁，而錦小路薩摩藩邸就在三個街口外。

今晚烏雲敝月，誰也難以看清對方，在明處的新選組遂主動揚聲。

「吾等乃會津中將麾下的新選組，前面幾位請報上家門。」

（這聲音……！）

煙渚深呼吸一下，將織帶拉高至眼底，並在腦後緊緊打了個結，繼而低聲對半次郎說：

「我一拔刀，你們就跑。」

噌！

銀光閃現，半次郎與龍馬拔足的同時，煙渚也衝向敵陣。

「清原君，快追……」

總司的話還未完，煙渚的刀已朝他的右肩劈去。

匡——

「好險呢……」

僵持的咫尺間，總司窺見煙渚刀上異狀。

（刀背？）

煙渚乘總司的注意力分散，借力躍後，想要撤退。總司旋即回神撲上，施以他的突刺絕活。

「開門！快開門！」

藩邸裡的辰央見來者只剩兩人，立馬捉住半次郎。

「泉山呢？」

「佛……光寺……」半次郎仍喘著氣，「壬、壬生狼……」

嗖！嗖！

一刺，一收；再刺，再收。煙渚奮力躲開總司的連擊，可惜在不知不覺間走偏了，最後一步竟撞到牆角上。

（糟了！）

儘管迅速側身，刀尖仍然毫不留情地刺進她的肩胛。

「嗚……」

劍肉分離，鮮血瀝瀝溢出，煙渚無意識的滑落地面。

「我就先送你上路，然後才揭開你的面紗。」

總司側身收肩，準備施展最後一擊。

鐺——

響徹雲霄之聲鏗出總司刀背上的一道缺口。

沒待對方反應，辰央再次進攻。

鏘、鏘、鐺、鏘！

總司邊拚命後退，邊擋禦洶洶來勢。後來的古森趕緊扛起煙渚，逃離現場。

接過數招，總司腦海忽爾泛起文久三年那個晚上。

「你……」

但辰央不容他多想。

嗖——鐺、鐺、鏘！

攻擊愈趨猛烈，逼得總司無法重整架式。

說時遲、那時快，辰央又施以一記袈裟斬，總司歇力往後跳，好不容易把距離拉遠。

「總司——」新八的呼喊後面伴隨著連串的腳步聲。

好漢不吃眼前虧，儘管想替煙渚報仇，辰央還是不得不飲恨退場。

「休想……」

「你們快追！」

才跨出兩步，總司就跪到地上。

「啊咳、咳咳咳！」

隊士遵照指令呼嘯而過，新八箭步衝到總司身邊。

「總司，怎麼了？受傷了嗎？」

「咳咳！沒……」

「血……」

總司放下掩嘴的手，頓時呆住。

平日斬人極其利索的新八，心裡如今也發起毛來。總司遑急揪著他的衣領，嘶啞奉請：

「永、永倉先生，別說……求你、求你……」

嘭嘭嘭嘭！

「白戶！」

嘭嘭嘭嘭嘭！

「白戶！」

古森又喊幾聲，格子門總算開了。

「這……？」

古森沒應接門的敬齋半句，只急遽將煙渚送入診療室，道：

「白戶，交給你了。」接著退了出去。

敬齋立時施救，盛載清水和血水的木盆在阿桂手中交替進出。

屋裡靜得出奇，古森的心隨著吐出的煙懸在半空。

「沒來過？」

辰央花了一番力氣避過追兵，返回錦小路，卻從半次郎口中得到此答案。

「彼等會不會在二本松或鍵直屋？」

「我都去過了，不在……」

大久保很久沒看見辰央發慌的樣子。

「我再到外面——」

「辰央！」大久保冷眼瞅住他，「別添亂了。」

「……」

「辰央，」這回換上吉之助。「這時候不宜輕舉妄動。有古森伴著彼，應該沒問題。」

「是……」

話雖如此，辰央的手仍在亂抖。

「——渚……聽到嗎？」

晨曦初露，煙渚終於醒來了。

「覺得怎樣？」敬齋徹夜未眠的守在身旁。

「……」

敬齋側耳靠向煙渚那半張著的嘴，卻聽到兩個教他難以置信的字——

沖田。

儘管身爲醫師的敬齋不同意，古森還是叫了駕籠，乘夜送煙渚回鍵直屋。接門的季實和綾子見狀皆啞然失色，而辰央總算卸下心頭大石。

敬齋的反對到底有理，大概是遷移途中受了寒，煙渚發起燒來。

辰央拎起擱在煙渚枕邊的八重山織帶，展開細看，上面除了交替的格子花紋，還有散落多處的血斑。

「櫻間先生，奴家進來了。」

綾子將一盆清水捧到煙渚身旁。

「抱歉，一直瞞著你跟老闆娘。」辰央說。

「別再糾結於此事了，是男是女都沒關係。」

綾子且拭去煙渚額角的冷汗，且說：

「但是，繼續讓她爲薩摩藩做事，眞的好嗎？」

「……接下來拜託你了。」

坐在廊沿的古森剛點起煙管，辰央便鑽進了月照間。

「怎麼了？」

「爲何我總是保護不了身邊的人？」

辰央的聲音與身軀一同滑落門邊。

「今次是意外。」古森平緩地呼出篆煙，「既然選擇留在此地，她的性命應該自行負責。」

吱吱吱吱——

又一個清晨。

經過綾子悉心照顧，煙渚總算退了燒。古森趁辰央不在，請敬齋來做檢查。包紮妥當，綾子捧著木盆走出寢室，換古森進去察看煙渚的傷勢。

「還能用刀嗎？」

「這不好說。」

敬齋鎖著眉凝視入睡的煙渚。

「沖田君太狠了……」

古森臉色一沉，死盯著他，問：

「你怎會知道刺傷她的人是誰？」

「……」

古森一把捏住敬齋的脖頸。

「說啊！」

敬齋沒敢正視古森。

「沖田君……喜歡她……」

嘭！

古森一記勾拳，打得敬齋嘴角淌血。

「你以爲所有人都跟你一樣嗎？你把她推向新選組的人，等於送她去死啊！」

「古森先生，別打……」

煙渚苦撐起來，可一用力，血又從胸前滲出。

「不要動！」

敬齋急忙上前，讓煙渚躺下。

「古森先生，是我……是我沒有拒絕那人，請你……別怪敬齋醫師。」
古森徐徐走到門前。
「以後該怎麼辦，你自己想清楚。」說罷拉開隔扇，越過怔在外頭的綾子，走下木階。

近藤送走幕醫松本良順，來到大廣間面見組裡幹部。
「局長，總司怎樣？」
新八迫不及待問道。
「他……」近藤瞥一眼伊東，若無其事的說，「沒甚麼，只是感冒未癒，體力不支。」
「是嗎……」
新八心裡覺得奇怪，明明近藤剛才進來時一臉凝重。
「永倉，我問過清原君，他說護送坂本入城的，是中村半次郎和一個蒙面浪士。」
這才是土方如今最在意的事情。
「但是，我到達的時候，只有另一個人。」
聽見新八的回應，近藤抱胸忖度，說：
「既然薩摩在保護坂本，那麼與總司交手的極有可能是赤鬼。」
「局長，要不……」
近藤一看土方的眼色就明白。
「又非人贓並獲，看怕只會落得上次在寺田屋的結果。」
旁邊的伊東頓時豎起耳朵。
「近藤先生，你若是放心，在下願意代表新選組到薩摩藩邸一趟。」他又在心裡撥起算盤。

「那有勞你了。」

得到近藤的許可，伊東神態自若的退下。

「局長，伊東先生他……」

「永倉，今次就讓別人當我們的魚餌吧。」土方同樣瞭解近藤的心思。

伊東抵達二本松時，半次郎正與辰央談起昨晚的事。

這是辰央第二次見伊東，儘管對方翩然俊雅，他還是生不了好感，甚至愈加厭惡。相反，伊東對這個曾經陪伴大久保下棋的青年興味盎然。

「中村先生，初次見面，在下乃新選組參謀伊東甲子太郎。」

半次郎回過禮，伊東又望向右側。

「櫻間先生，好久不見。」

辰央僅默然點頭。

「伊東先生這次來找俺是……？」半次郎明知故問。

「哦，是這樣的。昨日凌晨，我們新選組在佛光寺通截查可疑浪士，突然遭一個蒙面劍客阻撓，所以近藤局長吩咐我拜會各藩的浪士取締，看看可有頭緒。」

「近藤先生未免太瞧得起俺了，俺可不是全洛的人都認識呢！」

「這麼說，中村先生並不知情？」伊東翹起嘴角，瞇著眼睛，「此事若與貴藩無關，固然最好。相信閣下也知道，新選組高層都不是正統武士，他們處事自有一套。在下只怕阻撓者若是貴藩藩士，即使如櫻間先生般劍術精湛的人，也保不住他。」

辰央冷眼貽著伊東，伊東卻媚笑著回瞅他。

「感謝伊東先生特意前來，可是這裡確實沒有汝想找的人。」半次郎陪笑道。

「請勿客氣，在下曾獲大久保大人賜教，今次以朋友身分……」伊東倏然半掩著嘴，「啊，請別誤會，在下並無高攀大久保大人之意。」

「沒有、沒有，伊東先生才高八斗，怎能說是高攀呢！」

伊東又瞟一眼辰央，道：

「其實，昨晚我們組裡有人受了傷，因爲途中殺出個像鬼一樣的劍客……」

然而，辰央仍舊不露神色。

「哦，洛中竟有這種高手？俺也想見識、見識。」

半次郎持續他的戲碼。

「當然，貴組裡的必定都是劍術能手，請替俺問候傷者。」

「謝謝，在下先告辭了。希望下次再會，我倆是合作關係。」

伊東一走，半次郎即調侃，說：

「這男的眞夠彆扭，汝喜歡嗎？」

「別說笑了。」

「不過，彼是專程來給俺們忠告，煙渚眞的被壬生狼盯上了。」

辰央回想綾子的話，越發認爲是薩摩將煙渚推進了漩渦。

五章·狼烽蔽月

慶應二年六月，德川家茂派遣十五萬大軍抵達長州，發動第二次征討。無奈在缺乏強藩薩摩支持及長州兵力增強的情況下，幕府軍節節敗退。

七月二十日，家茂在大阪城含恨而終。

「下一個到你，請稍候。」

「謝謝。」

煙渚捧起茶杯，但見阿桂毫無退出客室的意思。

「桂姨，怎麼了？」

「……煙渚，那個……」阿桂揉著托盤，「沖田君來過……」

敬齋抬起煙渚的左手轉動一番，接著提筆開方。

「進展不錯。」

「託你的福。」

「當然，不要勉強。」

「是。」

煙渚注視著敬齋的側面，問：

「醫師，這陣子病人多嗎？」

筆尖忽而停於紙上。

據敬齋憶述，那天診療所快將關門，他見阿桂爲難地立在診症室外，沒等回應，便直走到玄關。坐在鋪板上猛咳的總司，轉身露出一張青白的臉。與其說他在跟敬齋施禮，不如說他喘得難以挺直腰背。誰也想像不到，如此虛弱的人怎樣走到這裡。

「會津藩不是給你們安排了幕醫嗎？幹麼還拖著身子來？」

總司喝過藥，休息一會，才回復力氣。

「就是不想讓組裡的人知道。」

作爲醫者，敬齋無法附和。他將聽診器貼上總司的胸脯，感覺小夥子又瘦了。

「既然知道身體不好，理應安心靜養，還跑去喝酒打架，不復發才怪。」

敬齋口中的事情發生在某個下午，然當時烏雲密布，昏暗如夜。

十津川鄉士中井庄五郎和土佐脫藩浪士片岡源馬，在高瀨四條下的浮蓮亭喝完酒，腳步踉蹌地踏上橋板，沒想到同樣帶點醉意的總司、新八和三番隊隊長齋藤一迎面而來。

「讓開！」新八喝斥一聲。

「老子才不給野狼讓路！」

醉醺醺的片岡不甘示弱，亮出白刃，混戰就此展開。

同爲居合高手的齋藤與中井鬥個難分難解，這一戰猶如年底「天滿屋騷動」的熱身賽。反之，被總司和新八夾擊的片岡重傷收場。

「嘿、哈哈……」總司聽到敬齋的訓話，按著胸口失笑，「醫師居然還關心我，眞高興……啊──咳咳！」

「說甚麼傻話？你是我的病人，我當然著緊。」敬齋轉到總司身後。

「那她呢？」

軫慨一下子扎痛了敬齋。

「聽我的勸，找個空氣清新的地方養病，其他的不要再想。」

「醫師，我還有多少時間？」

敬齋糾結一會，還是說不了實話。

「只要你願意，一定能活下去。」

「謝謝你，」總司穿上衣服，「但是，對不起，我……」

聽敬齋說到這裡，煙渚整張臉僵住了。

「你知道嗎？劇團裡有種說法，世人都按照上天的劇本在演戲，只是他們不經意假戲眞做，動了情。」

敬齋說著擱下筆，面向煙渚。

「對不起，當初是我沒仔細考慮你的立場，一心把你當女兒看待。的確，你跟我不一樣。」

煙渚想起敬齋被打當晚，古森後來對她說的話。

——要是你女扮男裝的事敗露，新選組便知道白戶跟薩摩藩的人來往，後果你自己想吧！

「不，是我覺悟不足。打從開始，我就該拒絕他。」

「你別怪古森，爲了琉球，他也犧牲了深愛的女人。」

煙渚愕視敬齋，彷彿在他眼中望見一段不能言語的過去。

「那是我跟阿桂成親前一年……」

安政三年某個夜半，敬齋從東山看完急症回家，在五條大橋前遇見兩個把關的同心。

「來者何人？」其中一人查問。

敬齋恭敬地矬身。

「鄙人乃柏屋町白戶診療所的醫師，剛從三盛町出診歸來。」

同心上下打量他，再問：

「方才可有碰見一個負傷男子？」

「沒有，請問發生甚麼事？」

「那人殺了個町娘。你若無事，盡快回家。」

「明白，謝謝。」

敬齋回到診療室，才放下藥箱，便覺頸項一涼。

「你是醫師吧？」

背後的男聲夾雜著絲絲痛楚。

「就算你不用刀架著我的脖子，作爲醫者，我也會爲你治療。」

男子緩緩躺到地上。敬齋立馬點起燭臺，開始施救，並諦視著綻開頗深的側腹，問：

「是否被長矛所傷？」

男人只緊握刀柄，吩咐說：

「毋須麻醉。」

連夜出診的敬齋早就透支了，治療完畢，伏案就睡；但闔眼沒半刻鐘，便颯然驚醒。他見臥鋪空空如也，即四處搜尋男子的蹤影，直至找到自己的寢間。

「你在幹甚麼？」

屋內一片狼藉，敬齋怒氣難抑，跪在壁櫥前的男人倒紋絲不動。

「你……莫非……？」

可怕的念頭驀然劃過，惜敬齋來不及撲上去，男子已倏地復身。

「這東西爲何在你手上？你到底是甚麼人？」

高舉的卷軸教敬齋的瞳孔放大了好幾倍，他深呼吸一口，反問：

「你又是誰？爲甚麼懂得這東西？」

男人的右手一垂，袖裡銀針直滑落掌心，轉瞬抵住敬齋的喉嚨。

「別試圖探問我的底細！」

敬齋明白這是最後通牒。

「……我是琉人後裔。」

「甚麼？」

「這卷御褒書是我的高祖父爲世子修補缺脣所得。」

「缺脣的世子？你的高祖父難道是尙貞王時的——」

「但是——」敬齋提高語調，堅決直視對方，「我也是不折不扣的薩摩人。」

男人默想片刻，緊接著收起刺針，並將卷軸藏到胸前。

「御褒書暫時由我保管，以後你要配合我的行動。」

「我爲甚麼得替你做事？」

「要是我把御褒書送到薩摩，你認爲你的主公會不無所動嗎？」

敬齋爲男人認眞的眼神而震懾，直至對方行到門邊，才猛的醒來。

「等等！起碼讓我知道你的名字。」

「古森。」

「那個町娘是怎麼回事？」

空氣再度凝固。

「……只怪她好奇心太重。」

煙渚站在西洞院花屋町的路口，遙望對岸的西本願寺，想著敬齋方才轉述總司最後的那句話。

——對不起，我能盡力的事實在不多了。

（沖田先生……）

「新選組頭上的月亮不是隨意任人觀賞的。」

煙渚趕忙拭乾眼角，拇指頂在鐔下，轉過背去。

是土方。

她不想節外生枝，應該說她從沒將這個男人當成敵人。

「聽住！」

擦身而過之際，背後再響起冷冰冰的嗓音。

「硬闖狼群的人必須有所覺悟，即使被啃傷咬死，也得無怨無悔。」

土方說罷，跨過橋去，寂靜的街上僅餘煙渚的突突心跳。

暗潮持續湧現皇城。

年末，先是遲遲不肯接管幕府這個爛攤子的慶喜，終於正式受命為征夷大將軍；然後是孝明天皇駕崩，年僅十七歲的太子睦仁親王踐祚。

隨著明治天皇頒布大赦，多位反幕公卿蒙受寬宥，返回朝廷，當中包括第一次征長時被移送筑前的五卿，以及因贊成「和宮降嫁」而遭彈劾的公卿——岩倉具視。

倒幕派回歸，不但助長薩長的氣勢，同時加速新選組的分裂。

伊東看準時機，以守衛孝明天皇皇陵及刺探薩摩情報為由，率領十數人脫隊，暫居五條東邊的長圓寺。

當然，密查薩摩屬假，逐步靠攏才是眞。

組裡如坐針氈的隊士，見一眾御陵衛士光明正大地離開，紛紛向伊東伸手。身先士卒的，是在「三條制札事件」後飽受冷落的淺野薰。

淺野跟原本擔任伍長兼砲術師範的阿部十郎交情不淺，於是跑到長圓寺，懇求伊東讓他入隊。不過，伊東臨走前與近藤達成協議——雙方隊員不得往來。

進退無路之下，淺野決定逃往土佐。

當日在三條大橋嚇得腿軟的淺野爲了重新做人，立意放手一搏，乘夜潛返狼窩，收拾細軟。可是，人還未踩到太鼓樓的柚木地板，已經被巡邏的隊士逮住。

「淺野，難得逃跑了，回來幹甚麼？」

看見鬼副長冷笑，淺野直流白汗。

「我……」

「難道是伊東先生命你回來暗殺局長？」總司也露出詭異的笑容。

「不、不是！」

淺野差點魂飛魄散，料不到自己跟伊東見面的事曝了光。

「局長、局長！我想返鄉重操舊業，請你成全我吧！」

一直抱胸的近藤打破沉默，說：

「淺野君，你早失去當新選組隊士的資格，如今要去哪裡，我們管不著。你從前殺了不少人，今後當個醫師，救死扶傷，未嘗不是一件美事。」

淺野背著包袱，由總司帶出御成門。

「沖田先生，我、我走了……」淺野的腰板硬得彎不下去。

「淺野，去喝杯酒吧。」

他倆一直往洛西行，先來到葛野郡，後走過朱雀野村，再進入七條村。

「沖田先生，」淺野禁不住發問，「還有多遠路？」

總司逕自走著，頭也不回地答道：

「很快就到。」

淺野頓覺後背發寒，想拔腿就跑，可他知道自己插翅難飛，只得跟著總司又渡過兩條桂川支流。

到達川勝寺城前，總司終於停住腳步。

「淺野，對你來說，新選組到底算甚麼？」

淺野緊閉雙唇，像要守住嘴裡最後一口氣。

「對我而言，一旦加入新選組，一輩子都是新選組的人。」

未知是流水太響，還是耳道因屏息而閉塞，淺野根本沒聽清楚總司的話。

「新選組的隊規，你還記得吧？」

噌！

話音一落，總司翩然翻身，在夜色裡劃出一道銀弧。

不管是近藤故意放話，抑或總司認爲作者已死[52]，淺野的血結果默默染紅了桂川。

既然阻止不了慶喜登上將軍之位，倒幕派得改變策略，迫使幕府實行「王政復古」。爲此，吉之助著手推行他的雄藩聯合計畫。他先求得土佐藩主山內容堂和宇和島藩主伊達宗城的共識，繼而趕到長州與伊藤俊

---

[52] 法國文學批評家羅蘭・巴特提出的概念，強調作品完成一刻，作者與作品的關係便結束，作品的解讀權將歸於讀者。

輔等洽談合作細節。

三月底，吉之助扈從久光，率領海陸兩軍共七百人東上，四月十二日正式入京。一時之間，在京薩摩人數目急增，成爲城中隱憂。

「櫻間大人，請進。」

幾日前，辰央收到佑助通報，得悉槐堂經已出獄。待薩摩大軍安頓妥當，他即前往伏見。

槐堂正在書房作畫。闊別將近三年，體格本來就一般的他更顯枯槁。

「庭內櫻花正盛，何以愁眉不展？」

抬眼一望，槐堂的笑顏讓辰央百般滋味。

「過來給點意見。」

辰央恭敬地行到案前。

「我這個門外漢哪有資格評論大人的傑作……」

「只要用心看，無論自身背景如何，定能有所感悟。」

「在下……在下但願大人如畫中盛櫻，永遠燦爛。」

槐堂擱下畫筆，含笑說：

「此乃爲你而作，這個祝願更適合你。」

「大人，當日我——」

「佑助告訴我了。那時候任誰也無能爲力，千萬別自責。」

「謝大人……」

槐堂站到廊下，望著庭院的櫻樹。

「才兩、三年，局勢竟起了如此大變化……薩摩跟長州聯手了吧？」

「對，此事多得中岡先生和坂本先生從中斡旋。」

「赤，不，櫻間君，我有件事拜託你。」

槐堂猛然掉頭。

「中岡君昨天來跟我借了一筆錢，似乎想有所作爲。可以的話，請你代表薩摩襄助。」

「大人……」

「絕不能讓這國家毀於德川手中。」

由於薩摩、越前、土佐、宇和島四侯與慶喜在二條城的談判破裂，幕府又贏得「長州處分」和「兵庫開港」的敕許，成功掌握朝廷的主導權，久光的倒幕決心更趨堅固。

在愼太郎拉攏下，薩摩與土佐締結了「薩土密約」。

這份條約之所以稱爲「密約」，全因未得仍游移不決的容堂同意。跟後藤象二郎和龍馬促成的「薩土盟約」不同，「薩土密約」是張切切實實以武力討幕的軍事盟約。會談期間，乾退助（後來的坂垣退助）更揚言，一旦開戰，不管藩論如何，他必定率領土佐軍與薩摩軍合流。此承諾後來也在鳥羽伏見之戰中兌現。

慶應三年六月十五日，新選組第二次遷營。

西本願寺的和尚本來就不歡迎新選組，加上他們經常在寺內殺生（既殺豬也殺人），且練兵試砲，嚴重破壞佛門清靜；寺方於是派出侍臣西村兼文，軟硬兼施，與對方代表吉村貫一郎交涉。最終，西本願寺貼錢送鬼，將近藤一眾安置到七條堀川下的不動堂村。

意想不到的是，這天有人乘亂脫逃。

「櫻間大人！」

正要離開藩邸的辰央與煙渚在走廊被門番截住。

「門外有個自稱『武田』的男人，說無論如何要見中村大人。」

半次郎早就回村田屋了。

「帶他來見我。」

武田強作鎮靜地走進客間。

「未知武田先生入夜來訪，所爲何事？」

「櫻間先生，中村大人在嗎？」

「他不在，如有要事，我可以替你傳話。」

武田慌手忙腳地摸出一封信。

「在下立心投身貴藩，請你務必將此函交到中村大人手上。」

「武田先生，」辰央瞇眼看著他，「近藤局長批准了嗎？」

「他、他一定會同意！」

「私自脫逃不是要切腹嗎？」

受到刁難，武田心裡冒起了一團火，然他脣邊泛起一絲笑意。

「櫻間先生，旁邊這位是泉山君吧？不瞞你說，土方歲三一直看他不順眼。若要防範新選組，就只有我這個前幹部幫得上忙。」

「嘿，」辰央也揚起半邊嘴角，「武田先生，謝謝你的好意，敝藩的事毋須閣下操心。」

武田的心臟懸在半空，他生怕自己弄巧成拙。

「放心，你的書信，我一定會交到適當的人手上。請你兩日後到伏見稻荷等我的好消息。」

打發了武田，煙渚倒犯愁了。

「櫻間先生，你打算……？」

「你不用擔心，我自會處理。」

折騰了一整天，新選組的幹部已疲憊不堪，如今還要挑燈商討追捕武田的事。

正當眾人苦惱之際，一紙密函飄落土方手中。讀畢，他豁然大悟，吩咐原田帶同數名隊士趕往伏見。

自此，除了新選組，再沒人見過武田觀柳齋。

有人帶著遺憾離開，有人繼續盡人事、聽天命。

待「薩土」和「薩土藝」同盟結成，化名「石川清之助」的愼太郎借鑑長州奇兵隊，組成了土佐陸援隊，爲討幕計畫加強實力。而六月初，龍馬在開往京都的土佐藩船「夕顏丸」上，也將「大政奉還」[53]的理念告訴後藤象二郎，藉由後藤轉達容堂。

薩摩當初與土佐簽訂盟約，之所以沒反對「大政奉還」，是期盼此計畫遭遇滑鐵盧，再名正言順以武力討幕。

萬萬想不到的是，「醉時勤王，醒時佐幕」的容堂壓根兒沒有倒幕之心。他沒有在給慶喜的大政奉還建白書上，寫上「薩土盟約」第四項約定：

將軍一職無掌握天下之理，（德川慶喜）當今應辭去其位，歸順諸侯之列，並將政權歸還朝廷。

---

53 指第十五代將軍德川慶喜將政權交還明治天皇，結束德川幕府二百多年的統治。

這麼說，即使奉還了政權，幕府依舊存在。

儘管如此，佐幕派對提出「大政奉還」的薩、土、藝三藩還是咬牙切齒，傳聞藩內要職都成爲暗殺目標。吉之助和大久保在岩倉具視勸告下，也回薩摩暫避風頭。

不過，大久保離京前，跟岩倉議定了一件事。

「聽大久保說，你就是赤鬼。」岩倉打量著辰央說，「果然跟中村不一樣。」

「……」

「抬起頭來。」

辰央直視岩倉，感覺他比大久保更難纏。

「敢問大人召見鄙人所爲何事？」

「世人大概分爲三類，第一類吃軟不吃硬，第二類吃硬不吃軟，第三類軟硬都不吃。」岩倉的上半身稍稍傾前。「你覺得德川慶喜是哪一種？」

「恕鄙人愚昧，請大人賜教。」

「大久保有件必須做的事來不及辦，想你去完成。」

「鄙人洗耳恭聽。」

「大久保絕不會空手而回，但歸來之時，不希望有人擋路，特別是擺了薩摩一道的傢伙。」

辰央還沒摸清岩倉的意思。

「尚有人奢望能夠不犧牲一條性命，便達到理想世界。無奈，事實擺在眼前，德川家是冤魂不散啊！」

「難道大人要鄙人……」

岩倉搖了搖手。

「想路好走，必須先除掉雜草。」然後做了個抹脖子的手勢，「那根草就長在近、江、屋。」

「……」

辰央的心涼了半截。三日前，他才陪槐堂將祝賀龍馬誕辰的梅椿圖送到那裡。

「你要是不願意也沒所謂，反正大久保推薦了一個後備。」

「後備？」

「我認爲借用他藩藩士的刀也不錯。」

望著兩眼發直的辰央，岩倉滿意地露出獰笑。

「嘿，哈哈哈哈——」

走廊踉蹌的腳步聲弄醒了煙渚，她披起半纏走出去，見辰央的房門半掩著。

「櫻間先生？」

辰央未有回應，只管拎著酒瓶猛灌。

「櫻間先生，別喝了！」

煙渚衝進去，想搶過瓶子，卻被推開。她一氣之下，反摑了辰央一個耳光。

「對、對不起……」

辰央用手背拭一下嘴角。

「嘿，我連酒醉的權利都沒有嗎？」

「不，只是……到底怎麼了？」

「果然，我只適合做浪士。」

「岩倉大人說了些甚麼？是否接到讓你爲難的任務？」

「……」

辰央站起來，行到門前。

「泉山，做好準備，戰事即將來臨。」

如岩倉所言，大久保他們今趟回藩，並非單純避難。此時，薩摩藩主島津茂久正親率三千藩兵，分乘四艘軍艦，全速朝京都進發。

翌日，昏星映現，辰央危坐在寢室裡賞刀。從鋒刃發出的寒光可知，它剛被悉心抹拭過。

煙渚帶著膳臺坐到一旁。

「你一直沒下樓，老闆娘讓我送晚飯來。」

辰央將刀裝嵌妥當，收入鞘中，但似乎不放心，又檢查目釘一遍。

「目標是誰？」

「與你無關。」辰央的目光冷得刺骨。

「是坂本先生？中岡先生？抑或……兩個都是？」

煙渚由他僵硬的表情得到答案。

「為甚麼？他倆不是薩摩的盟友嗎？」

辰央回望牆上的盛櫻圖。

「一切都瓦解了……」

「西鄉大人知道這件事嗎？」

「不清楚……」

煙渚瞭解，除了吉之助，藩裡能使喚辰央的，只有那個人。

「請讓我一起去。」

辰央從煙渚眼裡讀到不同的想法。

「你若是爲了阻止我而去，我會把你一同解決。」
「我只想見證你的做法是對是錯。」
門外的綾子捂住嘴巴，躡足折返店面。
「我好像不認識你……」
不單守門的隊士，連總司自己聽說有女人找上門也打罕，而且彼此素未謀面。
「你眞的是……沖田……總司先生？」綾子仍喘著氣問。
「貨眞價實，請問你是哪位？」
「奴家是……泉、泉山煙渚的……朋友……」
總司即時變了個樣，翹起嘴角，說：
「嘿，他要你來下戰書嗎？」
「傻瓜！」綾子費盡力氣怒吼，「煙渚小姐就是你在敬齋醫師處認識的那個女子啊！」
總司耳朵一鳴，整個人愣怔。
「坂本龍馬由伏見入京當晚，被你刺傷的人就是煙渚小姐！」
「怎……？」
那夜與對方僵持的情景，重重壓住總司的胸口。
「沖田先生，」綾子咚的跪下來，「請你快去阻止他倆！」
煙渚整裝完畢，來到辰央的房間，與他相向而坐。
「話說在前頭，我讓你去，不代表同意你參與行動。到時候，你在屋外等著。」
煙渚看穿辰央這態度，不過爲了保護自己，免受牽連。
「櫻間先生，我可以問你一件事嗎？」

「說吧。」

「你認同坂本先生的理念嗎?」

「……」

「坂本先生說過,一人之力不足以推動或阻擋世界前進,但我覺得他做到了。我相信終有一天——」

「夠了!」

煙渚一時怔住。

「這番話千萬別傳入他人耳中,即使是半次郎先生也不可以。」辰央提起佩刀,「時間差不多,走吧。」

今晚的蛸藥師通格外寂靜,明明是正月,卻連玉輪都轉到雲裡,不願露面。辰央拿出火折子,將燈籠點上。

「泉山,跟緊一點。」

煙渚跟辰央走到盡頭,往右一拐,心跳不其然加劇。只要穿過圓福寺與安養寺之間的小路,便能看見近江屋。

「誰?」辰央忽而停了下來。

隨著手中燈籠上升,安養寺前的人影也拉長了。

「新選組一番隊隊長沖田總司。」

總司沉重地往前一踏。

「我要帶走這個人。」他的視線適才開始就沒離開過煙渚。

(沖田先生,爲甚麼……?)

煙渚搞不清總司的用意。

——土方一直看他不順眼，……即使如櫻間先生般劍術精湛的人，也保不住他。

辰央記起武田和伊東的話，於是扔掉燈籠，亮出利刃。

「你儘管一試。」

噌！

總司相對抽出他的佩刀。

滋滋……滋……

「櫻間先生，請交給我。」

話雖如此，煙渚的手偏抖得拔不出刀來。

滋……滋……

燈籠快遭燭火吞噬殆盡。

……滋……滋滋……

啪！

煙渚未來得及提起足踝，辰央已舉刀直衝上前。

匡——

總司橫刀擋住落下的白刃，再奮力往右一撥，反壓住辰央。

辰央故意放軟，打算躍後拉開距離，總司即迅速收起左肩，箭步朝他猛刺。

嗖嗖嗖——

辰央邊後退邊閃身，勉強躲過對方的三段突刺。

「咻……咻……」

只能旁觀的煙渚見總司顯得有點吃力。

（停……）

兩人重整架勢，二度撲向對方。

鐺鋃鏘鐺——

街上一片刀光劍影，打得周遭町家門戶緊闔。最後一扇窗落下之際，辰央旋即撲上。總司靠右一偏，怎料對方猝然回身，鋒刃迎面刺來。

鐺——

總司慶幸擋住刀鋒，但忽地一嗆，洩了道氣。劍尖劃過他的側腹，右膝頓時著地。

「嘎——咯咯！」

血花飛濺。

「停手！」

煙渚攤開雙手，闔淚攔在總司前面。此情此景令辰央驚詫得不懂反應。

「求求你……」

噌。

煙渚抬起頭時，辰央已默然走遠。

「沖田先生，我們去找醫師……」

煙渚嘗試扛起總司，但意識全無的男人的重量，遠超過她能承擔的。

滴答、滴答，雨點開始降下。

「煙渚小姐——」

朦朧的夜巷裡，幾個身影逐漸移近。

駕籠停在東本願寺前，住持得悉傷者是幕臣，立刻騰出一間僧房，且喚來醫師。

「對不起！」守在門外的綾子一見煙渚出來，連忙道歉，「奴家怕你跟櫻間先生有危險，所以……」

煙渚搖了搖頭，說：

「謝謝你，但是，千萬別讓櫻間先生知道是你通風報信。」然後腳步一轉，又進了寺院。

「那位大人穩定下來了，說無論如何要見你。」

煙渚向醫師鞠躬道謝，便走入房間。

「終於見到你了……」

總司撐開眼睛，對煙渚露出一抹笑容。

「『煙渚』是你的本名吧？」

「算是吧……」煙渚抬起婆娑兩眸，「是養父取的名字。」

「你的父母呢？」

「早就不在。」

感情萌生的理由，總司總算了然於心。

「沖田先生，你到底得了甚麼病？」

「……」

「這病從你第一次到診療所就開始了，是嗎？」

總司將眼光移向天井。

「是勞咳[54]。」

54 明治初期以前稱肺結核為「勞咳」或「癆痎」。

煙渚心裡一沉，她記得患上此病的島民不出兩年便過世，包括武戶的妻子。

「去年，幕府的松本醫師到屯所做檢查時被確診。敬齋醫師早已知道，但我請他保密。當初獨自到外面求醫，就是不想近藤先生他們擔心。」

「那麼，你明知我爲薩摩效力，爲甚麼還要來？」

「七夕那天你沒出現的原因，是這個嗎？」

「……」

「其實，近藤先生他們一直覺得你很奇怪，甚至懷疑你背著薩摩搞鬼。」總司將手背貼落眉心，「倒是我病入膏肓，連觸覺也鈍了。我當時明明注意到你用的是刀背，還毫不猶豫地刺傷你……」

「不，與你無關！」

「告訴我，你到底爲甚麼混在薩摩藩裡？」

眼前是個大好機會，煙渚決意鼓起勇氣，問：

「沖田先生，你還記得隊上曾經有個叫『泉山』的人嗎？」

「泉山？你指三年前死去那個嗎？」

「對，他就是我的養父。有人說，他死在薩摩人刀下，所以我才——」

「不是啊。」

「欸？」

「醫師說，他是中毒死的。」

煙渚的腦中不斷回放著這些年來與武戶的對話，特別是薩長結盟那個晚上。她似乎無法不向最惡劣的情況去想。

「你是因爲要查出兇手才進薩摩？」

「嗯……」

總司勉強起來，抱住煙渚。

「跟我走，既然你已經知道眞相，就沒必要留在薩摩。」

「……」

總司再從懷裡摸出那根銀簪，說：

「還以爲沒機會送給你。」接著小心翼翼把它扎入煙渚的髮際，「我希望離世之前，可以一直看著你。」

淚花闍不住散落總司的衣襟。

「沖田先生，我根本不屬於這裡……」

脣瓣相濡的溫熱融化了思緒，欲滴的苦澀全被嚥下。可惜，依戀未能多貪一會，傷病交纏的總司再次倒了下去。

「副長，請問在嗎？」

眼簾張開，率先映入的是幾行模糊的字。土方意識到，自己昨晚又在處理文件途中昏倒案上，四肢麻得像脫離了軀幹一樣。

「副長？」

被外頭的隊士催促，土方冒火了。

「知道了，等等吧！」

待手腳稍微有點知覺，土方立即整理儀容，拉開障子門。

「怎麼了？」

「剛才，東本願寺派來一位小僧，說沖田隊長……」

嚓——

土方和新八趕到僧房一看，大爲震驚。

「這個……？」

女人找總司的事昨夜傳遍了屯所，土方難以不把總司胸前的圍巾與那個纖細的武士串聯起來。

「薩摩……難道……？」

新八的呢喃換來土方如狼的目光。

「你知道些甚麼？」

「……」

「永倉隊長，我以副長的身分命令你從實招來！」

「土、土方先生，其實……左之助說過，總司……似乎有個喜歡的人……」

走廊的燭光沿著漸寬的門扇滲進煙渚的屋裡，照出坐在中間的辰央。煙渚小心走到他側面，用引火條將燈籠的蠟燭點上。

「你的圍巾呢？」辰央抬眼問。

「弄丟了。」

煙渚蒙混過去，徐徐坐下。

「爲何新選組的人會出現？」

「我也不清楚。」

「你跟他到底是甚麼關係？」

煙渚直覺話中有話，不甚對勁，想要轉移重心。

「我去過河原町，望見陸援隊隊士在近江屋外，坂本先生是否……」但轉瞬就被捺倒地上。

頭頂黑眸瞪得煙渚骨軟筋麻。

「櫻……？」

沙！

辰央扯下煙渚的腰帶，她的左腕下意識地探向刀柄，卻被一把捏住。

「你拔刀，是爲了殺我，還是爲那男人自盡？」

「……」

「你跟他究竟——」

「與他無關！」

面前一切在煙渚眼中散開又聚合。

「櫻間先生，你若是要我的命……」

咚！

辰央的拳頭直落在榻榻米上，兩眼不知不覺也充血了。

「不管你的目的是甚麼，只要你幹了損害薩摩的事，我必定……」

他實在說不下去，只得抽身奔赴藩邸，向剛回京的大久保稟白。

其實，辰央到達近江屋時，龍馬已遭毒手，愼太郎則受了重傷。大久保即召見土佐藩小目付[55]谷守部和毛利恭助，並派半次郎一同調查行兇者的身分。

據翌日不治的僕役藤吉所言，幾個自稱十津川鄉士的男人，要求跟化名「才谷梅太郎」的龍馬見面，他

---

55 諸藩目付主要負責監察藩士的行為。

於是領那些人走上二樓，沒揣的在梯間從後吃了一刀。龍馬跟後來熬了兩天才斷氣的愼太郎一聽到叫聲，立刻拔刀迎戰。結果，龍馬前額和背部中刀，當場斃命；愼太郎的頭部和身體共十多處受傷，右手差不多被斬斷。

而現場的種種表證，將暗殺事件的矛頭直指向新選組。

首先，先斗町料亭「瓢亭」的老闆昨日借給新選組隊士的木屐，恰巧落在梅之間外。其次，三日後潛入薩摩藩的御陵衛士認出，龍馬身旁的蠟色刀鞘屬出身伊予松山藩的原田所有，而愼太郎迷糊間正好聽見有個刺客吐出伊予方言。再者，陸援隊於案發第二日，在隊裡揪出一個新選組細作——村山謙吉。

一直與尊攘浪士為敵的新選組，如今成為眾矢之的，也都正常不過。

龍馬亡故的第四天，煙渚發覺藩邸來了三個負傷的御陵衛士，當中一人正是到訪過鍵直屋的彌兵衛。

「富山先生，發生甚麼事了？」

「伊東先生死了……」

伊東昨晚應近藤邀請，到他位於七條醍井的妾宅商談國事和兩隊合作事宜。席散，伊東帶著醉意步行回月眞院，但走到油小路本光寺前，被大石鍬次郎和四名隊士攔住去路。

「伊東先生，讓我們送你一程。」

大石笑得極其詭異，遺憾的是，微醺的伊東沒有察覺。

「不用勞煩，我還行。」

大石臉色一轉，拔刀上前一斬，酒氣剎時從伊東背後綻開的皮肉間蒸發。

伊東復身抽刀，使盡氣力大喊：

「奸賊！」便舉刀衝上去。

大石靠左閃身，弓步收肩，斜刀捅入伊東腋下。刀尖穿過喉嚨而出，新選組前參謀就此一命嗚呼。

不但如此，彌兵衛繼續說：

「新選組利用伊東先生的遺體，引俺們到油小路進行伏擊，毛內先生、服部先生和藤堂君都死了。」

「那麼，你們怎樣進來？」

「俺殺出重圍，就沿堀川逃跑，途中遇見加納先生和鈴木先生。俺們來到藩邸，要求見中村大人，門番竟叫俺們明早再來！俺只好恐嚇說，要在藩邸前切腹。」

煙渚暗忖這男人還真亂來。

「泉山先生，」一個藩兵跑進來，「有個自稱御陵衛士的人想見中村大人。」

煙渚請彌兵衛一同去確認來者身分，果然是沒跟上大隊的篠原泰之進。

突圍後，篠原沿東洞院走到今出川，逃入桂宮家[56]諸大夫[57]之一的尾崎家宅邸。約巳時中刻，新選組來了六、七個人，要尾崎家交出篠原；然對方指，入屋搜查必須先得桂宮家同意，新選組才無可奈何地離開。

唰——

腰付障子一開，半次郎和辰央背後又來了兩個生面孔，是昨天一早出門打獵的阿部十郎和內海次郎。

阿部和內海回到月眞院，知道伊東遇害，便去河原町土佐藩邸尋求庇護，卻遭留守居[58]拒絕。對方連借出一個房間供兩人剖腹都不肯，一聲令下就把他們轟出去。兩人改到陸援隊駐地，沒想到半次郎已在守候。

六個御陵衛士一見面，激動得摟作一團，久久不能言語。

56　四世襲親王家之一。
57　負責掌管親王家、內親王家、從三位以上公家或將軍家家政的職位。
58　諸藩在江戶和京都設置的職位，負責於藩主不在時處理與幕府或他藩相關的事務，由藩內家老擔任。

「中村大人，伊東先生的仇一定要報，務必請貴藩襄助！」篠原說。

「汝等若要貫徹伊東先生的勤王志願，敝藩義不容辭。請各位先在此養精蓄銳，好待他日回敬壬生狼。」

「是！」

篠原握著半次郎的手，熱淚不由得再流下。

「這就是新選組的手段。」

辰央向屋外轉背，冷冷的在煙渚耳邊拋下一句。煙渚明白他痛恨出賣同伴這種事，可聽起來還是難受。

「泉山！」

汗流如雨的古森從迴廊的另一邊跑來，神色凝重地低語，道：

「白戶上午出診途中被新選組捉走了。」

煙渚定格數秒，轉瞬如脫兔般奔出藩邸。還沒喘過氣來的古森，好不容易才拉住她。

「傻瓜！你想幹甚麼？持刀殺進他們的屯所嗎？」

古森的話，煙渚根本聽不進去。失措溢於臉上，淚珠從放空的眼眸掉下，她終於領會到辰央聞得槐堂被捕時的心情。

「白戶醫師，泉山煙渚，即是你的女兒，她到底為何接近總司？」

不動堂村屯所的土藏裡，臉頰帶傷的敬齋跪坐在十露盤[59]上，身軀與背靠的柱子遭綁得死死的，兩腿默默承受著伊豆石的重量[60]。

一般來說，「石抱」這種拷問方式會先一口氣放四塊大石，接著逐塊增加。不過，新八念在敬齋曾替總

59 表面呈三角齒狀的木板。
60 一塊伊豆石重十二貫，一貫約三點七五公斤。

司治病，僅放了一塊。

「醫師，我肯定你這副骨頭熬不了多久。」敬齋佯佯不睬的態度，教新八也著急起來。「你現在不招，要是副長回來，我可沒辦法。」

敬齋這才將視線投向新八。

「身爲爹的，哪有出賣女兒之理？」

「我看你還是別硬撐——」

「永倉，你在磨蹭甚麼？」門口傳來的怒吼讓新八知道爲時已晚。

土方瞅一眼旁邊幾塊伊豆石，吩咐道：

「把該給的全給他。」

敬齋無力一笑，又閉起雙目。

坂本龍馬一死，倒幕行動如箭在弦。

慶應三年十一月二十三日，薩摩三千大軍抵達皇城，加上本身駐守京都的藩兵，薩摩此時的兵力約有四千。

「通知休之助，進入下一個階段。」

某日，煙渚在藩邸聞得吉之助此言。

儘管「大政奉還」的結果超出預算，但薩摩早有後著，就是岩倉在慶喜歸還政權的前一日，將天皇下令討伐「德川逆賊」的詔書交到大久保手上。不管薩長得到的密敕是否僞造，它仍然起了一定作用。

敕令一下，吉之助便派浪士取締益滿休之助與伊牟田尙平前往江戶，受意曾參與「天狗黨之亂」的相樂總三（後來的赤報隊隊長），召集勤王浪士到三田藩邸，破壞城內治安。

西鄉浪士團的攻擊目標並非一般百姓，而是阻撓勤王派的幕吏、助幕浪士和商人，以及收藏外國貨物、私藏金庫的大賈。

尊王的血液到底殘留在吉之助體內。他既要迫使幕府出兵，更要分散其兵力。庄內藩和新徵組受德川之命嚴密監視浪士團，安仁已多次跟他們交鋒。

早前，龜川傳來薩人到琉球調製白焰硝和徵收銅觔的消息，現在又得悉吉之助向浪士團下達進一步的指令，安仁確信戰事不遠爾。因此，他聽從煙渚勸告，脫隊上洛，幫忙照料敬齋。

近藤見土方拷問了數天，仍沒套出半個字，就將敬齋移送至六角獄。要是人在新選組屯所裡，古森著實沒辦法；然而轉到了別處，加上他的人脈，還是有錢使得鬼推磨。

「即使好了，以後也得躺著。」這是藩醫爲敬齋診治的結論。

誰都想到，被幾十貫的伊豆石一壓，沒粉身碎骨才怪。何況，哪個會相信鬼副長只放四塊？

阿桂的眼窩深不見底，她顯然不勝負荷了。安仁這時趕到，實如同救命稻草，加上他會醫術，古森和煙渚總算寬心點。

「敬齋醫師，粥熬好了。」

安仁擱下膳盤，小心翼翼托起敬齋的上身，再將摺疊過的被褥墊在他背後。

四十五度，已是敬齋能夠承受的最大幅度。

盛粥的碗來到敬齋眼底下，他嘗試提起勺子，但手沒升上幾分便降下去。快一個月了，敬齋兩手的瘀血仍未消散。縱然相識不久，安仁也看得心酸。

「果然老了……」敬齋含笑望著安仁，「麻煩你。」

安仁也撐起笑容，回道：

「食客總不能白吃白喝。」

沒吃上幾口，敬齋還是投降了。作爲醫者，兩人明瞭有些傷非肉眼能看見。

「煙渚剛才送來幾個蘋果，要嘗嘗嗎？」

敬齋安慰地點點頭。

「她上次送水果來的事，恍如昨日。」

安仁停止切削，矬身說：

「感謝你視她如己出。」

「可惜我終究沒讓她得到幸福。」

「說到底，皆因她非一般町娘。」

安仁說罷，更復轉動刀子。

「煙渚要上戰場嗎？」

鮮紅欲滴的外層啪嗒斷落，安仁把蘋果放到碟上，再次揮刀。

「薩摩不斷製造騷動，目的顯而易見。要是西鄉讓煙渚戰鬥，她也得去，畢竟這台戲還未唱完。」

俄頃，碟上鋪滿黃金片。

「看來安仁君也是個出色的劍士。」敬齋莞爾。

誠如安仁所言，薩摩正爲點燃戰火逐步鋪設。

慶應三年十二月九日，薩摩、安藝、尾張、越前四藩騎劫御所九門（本由土佐接收的蛤御門，因容堂拒絕派兵，改交薩摩代理），岩倉隨即宣告「王政復古大號令」：

一、敕許將軍辭職。
二、廢止京都守護職、京都所司代。
三、廢除幕府。
四、廢止攝政、關白。
五、設立總裁、議定、參與三職。

不過，慶喜拒絕聽從朝命，吉之助遂請長州軍入城，逼得對方擅自離京赴阪。新選組臨危受命爲「伏見鎮撫」，撤出不動堂村，三遷至伏見奉行所。

給敬齋送過東西，煙渚照常回到二本松，剛巧伏見藩邸有信使來見。

「中村先生，那邊是不是出狀況了？」

「不，是篠原先生寫的。」

油小路一戰後，半次郎安排幾個御陵衛士到伏見藩邸養傷。

「彼輩要求外出，爲伊東先生報仇。」

煙渚接過函件，抖動的紙上寫有「沖田總司」四字。

「你……批准？」

「俺沒理由反對。」

「他們怎會知道新選組的行蹤？」

「這個嘛……」

同日，伏見奉行所裡的土方也收到一封密書，那是新八撿到的。他閱畢信札，吩咐新八在晚飯前，將武戶帶到自己的寢室。

土方把還原的書函放到武戶面前，後者頓時面色發白。

收件人是篠原泰之進。

「小平，有人在後院撿到這封信，我想寫信的人大概不知道篠原離隊了。」

土方瞇起眼睛。

「你說該怎麼辦？要打開看看是誰寫的，然後送回去嗎？」

分家之時，武戶受伊東密令留在組裡。雖然伊東不在，但是阿部等人總算投靠了薩摩，自己當然不能輕易葬身於此。

武戶看準土方的大小兩刀都擱在床之間，就迅速拔出脇差，揮向他的脖子。土方舉起右手格擋，鏜一聲響，銀光從衣袖的缺口漏出。

武戶錯愕之際，藏在隔扇後的島田魁已跳到他身後，用麻繩一把圈住其頸項，兩手朝反方向猛扯。武戶鬆開了刀，拚命掙扎，反而加劇消亡。

眼看信使將外出許可帶走，煙渚立馬返回鍵直屋，請綾子傳口信到近藤的妾宅。經過東本願寺那晚，近藤和土方就將總司移送那裡，並讓新八接管一番隊。

「對不起，能拜託的人只有你了。」煙渚低頭道。

「沒關係，那人總算幫過奴家一次。」

綾子前腳跑開，安仁後腳便來了。

「煙渚！」

煙渚聞聲反顧，她可從未見過如斯慌張的安仁。

「怎麼了？」

「敬齋醫師吃過早點，說有點累，想再睡一會……」

總司兩眼睜圓的望向門邊，綾子以同樣的眼神看著他，只是兩人的想法迥異。前者不甘自己癱軟在牀的窘態呈於人前，後者則驚詫於對方靡萎的速度。

「煙渚小姐讓奴家來的。伊東一黨要殺你，快走。」

總司默然不應，且流露出不協調的表情，倒是旁邊的阿孝匆匆去收拾行裝。阿孝是近藤的妾室深雪太夫的妹妹，禁足令下達後，總司一直由她照顧。

「煙渚好嗎？」

綾子認得枕邊那條染血的格子紋圍巾。

「你好，她就好。」

總司爬進駕籠，卻擋住阿孝撥下的竹簾，對綾子說：

「請轉告煙渚，我在伏見等她。」

綾子擠出微笑，嗯了一聲，目送總司離開。

風雲變幻誠多端。

吉之助對益滿休之助下的指令，令江戶的局勢一發不可收拾。

從十一月底到十二月底，浪士團與幕府軍持續發生衝突，而直接導致庄內藩圍攻薩摩藩邸的事件，發生在十二月二十三日。

有傳薩摩爲奪回齊彬的養女天璋院（篤姫），在江戶城西之丸御殿的侍女房間縱火。同日晚上，薩摩軍更一砲打落庄內藩在春日神社前的駐地上。

庄內藩江戶留守役松平權十郎徵得幕府同意，聯同上山、鯖江、岩槻三藩，以及支藩出羽松山藩，在監軍石原倉右衛門的指揮下，於二十五日凌晨包圍三田薩摩藩邸，要求交出行兇者。最終，談判破裂，幕府軍發砲並殺入藩邸。百多名藩士、浪士中，四十九人戰死，三十人逃脫，其餘被捕，建築付諸一炬。

大目付瀧川播磨守具舉將此消息帶進大阪城，慶喜即開會決議——上討薩表，率兵入京，以清君側。得意忘形的慶喜就這樣掉進吉之助的圈套。

慶應四年一月二日，陸軍奉行竹中丹後守重固率領會津藩、新選組等三千士兵，由伏見街道推進；老中松平豐後守及瀧川則帶領桑名藩、見迴組、大垣藩等二千五百士兵，沿鳥羽街道上京。

面臨大軍壓境，朝廷在御所舉行三職緊急會議，商討對策；而與御所相對的二本松藩邸內，薩摩軍整裝待發，耐心等待議決。

半次郎擔任城下小銃一番隊的小頭見習，不單辰央和煙渚，阿部十郎和鈴木三樹三郎都被編入旗下。

「要是能跟新選組對上就好了。」殺兄之仇在鈴木心中扎根。

「沒錯！近藤今次絕不會再走運。」阿部握拳附和。

半次郎的許可傳到伏見藩邸時，近藤的妾宅早已人去樓空，御陵衛士只得轉移目標，向從二條城參與軍議歸來的近藤下手。

潛藏在路邊廢屋的彌兵衛，一見那熟悉的山紋燈籠飄來，立即對阿部說：

「來了、來了！」接著舉起長槍，瞄準近藤的腦袋發射。

砰！

也許天色太晚，飛路偏了，子彈僅擊中近藤的右肩。

血如泉湧的近藤用腿盡力夾緊馬鞍，左側的島田抽刀拍落馬臀，坐騎便長驅直奔回奉行所。埋伏在另一旁的篠原和加納鷲雄立時撲出，與餘下的新選組人員廝殺。結果，隊士石井清之進和近藤的僕人久吉陣亡。

「煙渚，汝的臉色有點難看，沒事吧？」

煙渚抬眼一看，是半次郎，剪成短髮、穿上洋裝的他更顯風範。

「沒有，只是想到城裡的百姓……」

辰央心裡清楚，她口中的百姓包括了新選組，特別是那個男人。

沒多久，總監軍伊地知正治命全軍集合。

「眾將聽令！按陛下旨意，向伏見進發，討伐朝敵！」

五百名薩摩藩兵和二百名土佐藩兵馬上動身迎戰。

一月三日午後，吉之助從九條總司令部——東寺，趕到伏見御香宮本陣與大軍匯合，且命人將四門佛蘭西式四斤山砲推到神社前，瞄準下方的伏見奉行所。

「俺乃薩摩藩小銃五番隊軍監椎原小彌太，敢問來者何人？」

手持「討薩表」的瀧川軍來到小枝橋附近，遇上薩摩藩設置的關卡。

轟隆——

戌時自鳥羽傳來的一下砲響，為這場日本史上重要戰役揭開帷幕。

砰、砰、砰、砰、砰、砰——

薩摩大砲隊發出的十多枚砲彈相續降落奉行所，屋頂隨之冒火。新選組當然沒有就此撤退，更搬來一門大砲還擊，可恨其型號略舊，無法射上高地。

「可惡！」新八對眼前劣勢咬牙切齒，「土方先生，請容我帶隊殺入御香宮！」

伍長島田魁和伊藤鐵五郎皆向土方投以懇切的目光。

「是新選組！新選組來了！」

薩摩藩一番隊隊長鈴木武五郎示意出迎，雙方在伏見街道交戰，砲彈持續在他們頭上橫飛。

煙渚朝新八直衝上去。

「是你？」

「我有兩件事要問你。」

「長話短說。」

「誰人下令逮捕敬齋醫師？」

「土方先生。」

「果然……」

煙渚沒有忘記土方在西本願寺前說的話。

「那麼，沖田先生現在怎樣？」

「嘿，」新八會心一笑，「放心，他被送走了。」

「謝謝。」

下一秒鐘，煙渚便擺好架勢，新八也舉刀過頭。

「戰場上，你我始終是敵人。要找土方先生報仇也好，要到總司身邊也罷，先過我這關！」

話音一落，新八揮刀撲上，煙渚靠右一閃，斜刀砍落他的大腿。深入骨髓的痛楚沒令新八退卻，他轉動手腕，橫刀刺向煙渚。

鏘！

幸得辰央箭步上前，挑開劍尖，煙渚僅擦傷了肩膀。

「我來當你的對手。」

被刀尖指著的新八恍然大悟，回道：

「有意思。」

面前霎時刀來劍往，火石四濺，但煙渚無暇觀戰，因爲又有一個敵方隊士從旁襲來。

直到長州援軍在街道兩旁燃起火障，封住去路，二番隊才被迫退回本陣。無奈，奉行所抵不住薩摩的猛烈砲轟，終毀於洪爐，新選組只得隨會津軍朝大阪方向撤退到淀城。

回到御香宮，辰央把煙渚拉到土藏裡。

「嘶……」

沾藥的棉棒觸及傷口時，煙渚聳一下外露的單肩。

「你回京吧。」

「爲……」

煙渚捏著衣領轉身，卻被辰央擋回去。

「別動。」

「對不起，但是爲何突然……？」

「上戰場本來就不是婦孺的責任。」

「我有件事必須完成，請你讓我留下。」

辰央默默將紗布纏好。

「可以了。」

「謝……櫻間先生，你……」

辰央掩著被煙渚愕視的左前臂。

「不打緊，武士作戰就得受點傷。」

「這是甚麼道理？」

煙渚強抓住對方的胳臂，低首小心敷藥。

「泉山，你不生氣嗎？我對你做了過份的事。」

煙渚停下工夫，答道：

「說到底，我也有責任……」

辰央別過臉去，任由她繼續包紮。

拂曉時分，薩摩軍聯同長州藩奇兵隊、振武隊，以及鳥取藩砲兵隊，手持代表「官軍」的菊紋錦旗，沿宇治川南下追擊。

「有埋伏！」

會津藩傳習隊和新選組從橫大路沿兩旁撲出，施以突襲。牛次郎手起刀落，連續斬殺幾個敵人，一張熟悉的面孔緊隨其後出現。

「在下乃新選組伍長池田小三郎。」

是東山茶屋事件中替武田觀柳齋頂罪的漢子。

牛次郎一揚嘴角。

「薩摩藩士中村牛次郎。」

互報名號後，小三郎拔足衝前，橫刀揮向牛次郎，牛次郎嘎的大叫，舉頭就劈。毫秒之間，勝負已分，小三郎從左肩到右肋被分成兩半。

濃霧加上礙於行動的沼澤，讓新政府軍一時陷入苦戰。幸好，軍監福田俠平帶著奇兵隊成功突擊，建立橋頭堡，逼得火力不足的舊幕府軍再三敗走。

千両松一戰，新選組除了失掉池田小三郎，更痛失元老井上源三郎，隊員人數急跌三分之一。

舊幕府軍原以爲曾任京都所司代的老中——淀藩藩主稻葉正邦會庇護他們，沒料到他早跟吉之助派去的使節達成協議，轉投新政府。節節敗退的舊幕府軍終於退到男山，吉之助也從速領軍去前線。

這晚，八蟠宮的鳥居有土方和原田把關，煙渚的出現挑動了前者的神經。

一眨眼的功夫，幾個障礙相繼倒下，土方如箭飛到煙渚面前。當然，他的舉動正合煙渚心意。

「爲甚麼接近總司？」

鐺！

煙渚橫刀擋下土方的斜肩斬。

「薩摩的手段眞夠卑鄙！」

利刃漸漸逼近。

「把敬齋醫師的命還來！」

煙渚奮力挺身，土方往後一躍。

轟隆隆——

關鍵時刻，不知從何飛來的砲彈，重重擊落兩人之間。

「泉山！」

辰央喊著捨命衝入濃煙中。

後來證實，這枚砲彈是由據守山崎的舊幕府「友軍」——津藩發射。近二十八萬石的外樣大名，受過德川家不少恩德，還是在薩摩敕使的勸導下倒戈相向。

接二連三的背叛，讓舊幕府軍失去容身之處，他們不得不順著淀川逃進大阪城；而新政府軍亦逐步接近「八百八橋」[61]。

61　大阪的別稱。

慶喜無計可施，竟帶著老中板倉勝靜、松平兄弟等，漏夜坐上軍艦「開陽丸」逃回江戶。遭主公撇棄的新選組，只得搭乘「富士山丸」追過去。

攻陷淀城後，薩摩軍也損耗了不少兵力，遂先回京都重整旗鼓。

「煙渚小姐，奴家進來了。」

煙渚趕緊將手上的銀簪塞進抽屜。

「你怎麼又起來？」

綾子放下托盤，把煙渚拉回布團。

「拜託，我不過受不了砲彈的衝力而昏過去，根本沒甚麼大礙。」煙渚苦笑說，「況且都一個月了，甚麼都好了。」

「不行，仲山醫師說要好好調理。」

敬齋死後，安仁順勢接管了診療所。

綾子遞上藥粉和清水，問：

「你還要去江戶嗎？」

「當然，大仇未報。」煙渚說罷將藥粉咕嚕一聲吞下去。

韶光荏苒，轉瞬來到二月初。

新政府軍整頓爲東海道、東山道、北陸道三支主要隊伍，繼續討伐幕府殘軍。

吉之助獲征討大總督有棲川宮熾仁親王委任爲參謀，半次郎因御香宮一戰擢升爲一番隊隊長，辰央和煙渚則重投吉之助麾下的東海道先鋒軍。

先鋒軍先佔領箱根、小田原等地，再駐紮在駿府，部署進攻江戶的計畫。

慶喜或許深感大勢已去，二月中自願到德川家菩提寺——上野寬永寺接受幽禁，以表歸順朝廷。可是，新政府強烈要求慶喜切腹謝罪，並宣布於三月十五日對江戶發動總攻擊。爲此，時任舊幕府陸軍總裁的勝麟太郎立意到高輪藩邸一會吉之助。

勝後來在《冰川清話》形容這場會談「是我一生之難事」。

第一回合在高輪藩邸，除了德川家茂遺孀靜寬院（和宮）的處置問題，其餘要求吉之助一概不理。第二天，曾護送慶喜逃離大阪的幕府精銳隊步兵頭格山岡鐵舟，陪著勝來到田町藩邸，半次郎親自引二人到客室。

勝坐下來，將脇差放在左側，然後將寫有七項降伏條件的呈請讓吉之助過目。

「第一，德川慶喜蟄居水戶……勝大人，這一點，恐怕難以服眾。」

「西鄉大人，你認爲手無寸鐵之人是弱者嗎？」

「當然。」

「那麼，」勝將脇差推到吉之助膝前，「甘願放下武器的敵人是弱者嗎？」

「勝大人，有話請明說。」

「《葉隱》有云，武士應與和尚爲伴，學習出家人的慈悲。薩摩『鄉中』亦有明訓，不得欺負弱者，對老人、孤兒、寡婦須體恤同情，對人民，甚至敵人，也應寬大仁慈。以上種種，相信你的故友月照主持不會反對吧？」

「看怕反對的並非故人。」

昨日，大村藩士渡邊清來告訴吉之助，英國公使巴夏禮得知新政府要進攻江戶後大怒，並以己國將投降的拿破崙流放到聖赫勒拿島爲例，指新政府欲置慶喜於死地是違反了萬國公法。

英國表面上在戊辰戰爭中表示中立，實質上從各方面支援新政府軍。戰爭尚未結束，吉之助實在不敢漠視英方的意見。除此之外，城中還有個關於勝的風聞吹到吉之助耳裡。

「勝大人，汝熟識魯西亞的歷史嗎？」

「略有認識。」

「汝知道佛蘭西軍攻入魯西亞的皇宮前，魯西亞軍在城內幹了甚麼事嗎？」

「哦，這在下倒沒聽說過……」

「俺前兩天在城中聽見有人提起此事，印象中蠻可怕。」

「嘿，西鄉大人，我國之事相信以我國方法處理便可，何必糾結於夷人那一套。」

「但願如此。」

吉之助疊起呈請，藏於胸中，又說：

「勝大人，茲事體大，慶喜公之事俺會盡所能與朝廷商討。至於進攻江戶一事，就此暫緩。」

「感激不盡。」

慶應四年四月十一日，江戶無血開城。

免於一戰，對百姓來說無疑是樁美事，但偏觸怒仍心繫幕府的人。

慶喜潛回江戶後，奧右筆[62]涉澤誠一郎以保護將軍為名，集結幕臣，組成彰義隊，自任頭取，維持江戶城治安。彰義隊深受百姓歡迎，浪士、町人爭相加入，短短數月，成員數目便由最初的一百多增至高峰期的三、四千。

直至慶喜動身到水戶的決定一出，主張撤離的涉澤便與堅持對抗的副頭取天野八郎反目。天野於是接管

62 江戶幕府職位，負責處理幕府機密文書。

彰義隊，藉守護德川家靈廟之名，佔據了寬永寺。

吉之助考慮到新政府軍兵力不足，本建議軍防事務局判事大村益次郎等候援軍到來，方採取清除殘黨的行動。只是彰義隊不斷挑釁薩摩軍，吉之助終忍無可忍，決意冒險討伐。

「沖、沖田君……」

植木屋「植甚」的主人柴田平五郎跑進屋內，跟總司打了個照面。他本來就一臉慌張，現在更整個人繃緊起來。

「你怎麼起牀了？快回房休息吧！」

「我躺得骨頭都硬……啊——咳咳咳！」

午後的陽光下，總司的臉更顯蒼白，不，應該說一天比一天褪色。最近夜裡，屋裡的人總聽見他咳個不停。平五郎將步履蹣跚的總司送回寢室，確保他閉目憩息，才走到炊事間找妻子阿松。

「沖田君今天的胃口如何？」

阿松放下抹乾的飯碗，道：

「吃不到幾口便吐了，眞是個可憐的孩子……」

三月，新選組改名「甲陽鎮撫隊」，受命出陣甲府。爲免喪失戰鬥能力的總司再度遇襲，松本良順向近藤提議，送他到千駄谷一個當花匠的朋友家中靜養。

甲陽鎮撫隊後來在甲州勝沼戰敗，退到流山又遭新政府軍包圍，近藤不欲全員犧牲，選擇束手就擒。由於土佐藩堅信新選組乃暗殺龍馬和愼太郎的兇手，近藤最終在四月二十五日被梟首。考慮到總司的身體狀況，柴田一家隻口不提此事。

平五郎無力地坐到鋪板上。

「我剛才在街上聽說，彰義隊被滅了。」

「甚麼?」阿松跪到丈夫跟前,「原田先生不是在裡面嗎?」

平五郎閉上眼,點點頭,想起早上還下著雨……

負責總指揮的大村益次郎慎防彰義隊在市內縱火發難,特意選擇今天發動總攻。佐賀藩在寬永寺側面的本鄉臺設置了安式大砲,長州、大村、佐土原三藩士兵持槍守在後方的團子坂,薩摩小銃隊、因州軍和肥後軍則走到正面的黑門口。

吉之助一見敵方主力部隊來襲,立即讓半次郎下令射擊。彰義隊實施人海戰術,先鋒中彈倒下後,隊員即跳過同伴的屍體,舉刀劈向敵人。

雙方在近距離下展開白刃戰。

半次郎和辰央握著刀左揮右劈,三兩秒就破開幾個腦袋。煙渚閃身一避,抽刀一刺,也都解決一個。

上野戰爭裡,新政府軍雖然獲勝,但黑門口的兵力(特別是薩摩方面)損失慘重。據說,主因爲佐賀藩的大砲命中率低,加上大村未有及時帶兵支援。若事情屬實,也許這個長州人仍對「禁門之變」懷恨在心。

殲滅了彰義隊,新政府軍在江戶得到短暫休息。然而,某日,半次郎遇襲了。

「中村先生,發生甚麼事了?」

煙渚看著滿身血跡的半次郎問。

「俺們在三河町遇到彰義隊殘黨埋伏。」河野四郎代爲答道。

藩醫來到半次郎的寢間,解開裹著他左手的斷布,嚇見中指和無名指都不見了。

據河野說,他倆剛到湯屋[63],便察覺有人跟蹤。果然,回藩邸的路上突然跳出三個人。

「俺是薩摩藩士中村半次郎。」

63 公眾浴場。

半次郎先報上名號，以免對方弄錯。

「那就對了。」男人踢開木屐，「吾乃彰義隊隊士鈴木隼人。」

話畢，鈴木隨即衝前。

長刀在一丁距外噌的出鞘，橫砍向半次郎的腹部。半次郎迅速拔刀，先折斷鈴木的刀尖，再朝其頭頂一劈，腦漿噴發。

兩個同黨反應過來，右側的向另一人打了個眼色，便大喝一聲，舉刀撲上。

半次郎原打算送他迎頭一擊，沒揣的左邊那個搶先進攻，斜刀砍來。半次郎旋即沉下手肘，以刀柄架擋，怎料血柱賁張，兩根殘肢咚咚落地；但薩摩隼人不以爲意，瞬即重整架勢。

二人見狀，嚇得滾滾蹡蹡，拔腿就跑，棄鈴木之屍首於不顧。

辰央聽罷，騰身而起，衝到障子門前。

「辰央，夠了！」半次郎喝道。

煙渚走去抓住辰央那握著刀、氣得抖動的手。

「中村大人，鄙人認爲你到橫濱接受治療比較好。」藩醫只能暫時替半次郎止血。

「那也沒辦法……」半次郎再望向門邊，「辰央、煙渚，這段時間，西鄉大人拜託汝等了。」

「明白，請你安心靜養。」煙渚連同辰央的份答允。

日間的衝擊令煙渚夜不能寐，她坐在藩邸廊沿，凝視中庭。

玉輪高掛，卻把景物照得迷濛。

颼颼——

晚風吹出樹下孤影，引得煙渚趨步上前。可惜，探手一觸，霧散雲斂，只喚來片片落瓣。

八月，傷癒的半次郎受到時任薩摩藩北陸出征軍總司令的吉之助推薦，出仕大總督府直屬軍監，並率領援軍到會津。

日光口軍好不容易三取關山成功，深入會津盆地，半次郎立定在飯寺佈陣，讓士兵稍作休息。

「辰央，俺要去白河口找伊地知大人。兩軍同路，物資才不會被奪。」

他們前天才被會津藩家老佐川官兵衛指揮的軍隊搶去大量補給品。

「我同你去。」

「不，汝留在這裡。」

「但——」

「汝聽俺說！俺不在期間，敵人有可能突擊屯營，汝必須留在這裡指揮大局。」

如半次郎所料，會津另一家老山本義路（帶刀）當晚就率隊襲擊飯寺後方。幸好辰央早有準備，安排了四小隊潛伏，不費吹灰之力便將對方團團圍住。

「殺！殺！殺！殺！殺……」

吶喊此起彼落，辰央盯著跪在面前的山本。

「櫻間先生，待中村先生……」

煙渚的話尚沒完，辰央便抽刀一劈，山本的頭顱即咕咚咕咚的滾到樹下。

會津戰爭是戊辰戰爭裡最慘重的一役，鶴城則是這場苦戰的終站。

九月十四日，新政府軍向鶴城發動總攻。辰時中刻的第一砲，炸醒了全會津的人——寧爲玉碎，不作瓦全。

日光口軍在半次郎領導下化成修羅，朝鶴城內廓猛攻，融通口、川原口、花畑口、石坂觀音……一路長驅直進。

會津藩上至五、六十歲如佐川直道（官兵衛之父），下至十五、六歲如白虎隊，以及由武家女子組成的薙刀隊，無不浴血奮戰。

怎奈死傷相枕，逼得藩主松平容保在翌日寫下降書。

直至昭和六十一年，會津人仍無法釋懷。

正式交接前，辰央和煙渚奉命帶隊巡視城內，以防殘黨反抗。他們路過之地皆屍橫遍野，任由野鳥爭相啄食。

神指町柳橋前，一具少女遺體旁邊除了把薙刀，還有幾個長州藩兵。

「住手！」

眼見少女的腰帶被扯開，煙渚衝了上去，左手扶在刀鞘口。

「誰啊？」

騎在少女身上的人不屑地瞅了煙渚一眼。

「與你無關！」接著伸手探向領口。

噌！

白刃應聲而出，直指無賴的咽喉。辰央也拔出雙刀，扎住其餘兩人的心臟。

「你、你是薩摩的櫻間？」受長刀威脅的人參與過上野一戰。

辰央疾視二人，告誡說：

「死者爲大，我等既奉陛下之命前來討伐，就不應作出讓朝廷蒙羞之事。要是你們欲與此女相見，在下樂意送行。」

攆走了地上禽獸，煙渚珍重地爲少女整理衣服。

「對不起。」繼而倏地揮刀，將首級埋在樹底。

「煙渚，怎麼了？」

回到本陣，捧著從會津軍倉庫搶來的糧食，煙渚難以下嚥。

「中村先生，會津將要接受何等處分？」她凝視著盤飧問。

想到此事，半次郎也吁一口氣。

「長州要求容保公父子和三名上席家老切腹。」

木箸被煙渚握得變形。

「此藩上上下下的人不過爲了自己的家園而戰，怎能被當成戰犯……」

「泉山，夠了。」

辰央生怕她禍從口出。

「半次郎先生已經很努力了。」

半次郎擱下碗筷，走向障子門。

「煙渚，汝說得對，俺再嘗試與前田參謀商討。」

九月二十二日，會津藩在白旗飄揚下開城，道上男女泣不成聲。薩摩的堅持究竟得到長州回應，容保父子獲免死罪，改送江戶蟄居。

可是，戰爭並未因會津投降而結束。

土方和他的部下揮著「誠」字旗，隨舊幕府海軍副總裁榎本武揚移陣至北海道，建立了「蝦夷共和國」。新政府軍等到春天，北方暖和，發動最後攻擊。結果，土方戰死，榎本軍撐了七日也都投降。一心隨吉之助前來算賬的煙渚趕不及參戰，戊辰戰爭便正式落幕。

六章・甕中之鱉

首里城御書院內，國王尚泰正召見三司官[64]宜野灣親方朝保（向有恆）。

「從薩州歸來的僧侶安頓好了嗎？」

「已命他們返回原屬寺院。」

尚泰寬心地點一下頭，然後轉向同父異母的今歸仁王子（尚弼），問：

「光明寺如何？」

此乃位於薩州的琉球寺院。

由於島津入侵琉球後，愈來愈多琉人移居薩摩，第十代國王尚質於康熙二十一年，乘國相大里王子朝亮（尚弘毅）到薩州祝賀高輪翁主出嫁之機，向第二代藩主島津光久求得一所菩提寺，以安葬客死異鄉的子民。兩年後，尚弘毅再赴薩摩，向當地琉人集資，於琉球館內建築水雲庵，供光明寺僧侶入住。

「島津准許保留寺院，至於當中一尊觀音像和水雲庵另外兩尊，已一同供請回國。」

「都將佛像請到天王寺。」

「是。」

尚弼還有一道難題。

「皇兄，請問御書匾額……？」

---

64 琉球官職位階之一，又稱法司，屬正一品至從二品，共三名，乃朝廷的最高執政者，分別負責監督三名物奉行。

這是琉球第十四代國王尙穆御筆親提，掛在光明寺正門的匾額。

尙泰眉頭一鎖，默思數秒，回道：

「暫置於南風御殿[65]。」

大和本年突然頒布「神佛判然令」，明辨神道與佛教，以鞏固天皇的統治地位。此政策教尙泰一時手足無措，他惟有派尙弼前往薩州善後。

「我國今後將會如何？」

得悉持續二百多年的德川幕府毀於薩摩之手，身爲一國之君的尙泰甚是惶恐，生怕慶長一役再度上演。

本年四月，外務省判任官佐田白茅從朝鮮回國，高舉征韓旗幟，甚至揚言：

全皇國為一大城，則若蝦夷、呂宋、臺灣、滿清、朝鮮皆皇國之藩也。蝦夷業既創開拓，滿清可交，朝鮮可伐。呂宋、臺灣可唾手而取矣。夫所以朝鮮之不可不伐者大有之。[66]

儘管現今部分研究顯示，上述文字當中的「臺灣」爲「琉球」，但遑論版本爲何，皆足以展現明治政府對外擴張的野心。

一旁的宜野灣聞得尙泰之言，腦海即重現昨夜訪客的音容。

——宜野灣親方，在下來替久光公傳話。

縱使多年不見，對方又一身僧侶裝扮，宜野灣仍能迅即認出眼前人。

65　正稱為「南殿」，天啟年間由尚豐王創建，位於首里王府內，為接待薩州使節之所。

66　參佐田白茅著《征韓論之舊夢談》。

「宜野灣親方爲了神佛判然令進宮嗎?」

宜野灣穿過正殿前的奉神門[67],與龜川打了個照面,一聽對方的口吻,就知道別有意味。

「龜川親方尚未接任三司官,已如此關心所屬職務,實在令人欣慰。」

「閣下言重了,爲陛下分憂本來就是下官之責。」龜川剔眼一看,「在下只怕有雜魚蒙混游入那霸港。」

宜野灣又想起那人,只好強顏。

「也許,那些雜魚不過是游回故鄉罷了。」

的確,回琉的僧侶團中,不乏奉龜川之命混入的士族子弟。

尚泰的擔憂不無道理,但一切言之尚早。

新政府雖立,版籍既還[68],但「藩」這概念畢竟扎根此國二百多年,故國內意識仍處於分裂狀態,就連政府內部也免不了派系鬥爭。欲與長州勢力對抗的大久保在岩倉支持下,趕到鹿兒島武村,請改名「隆盛」的吉之助出仕並率兵上京。

爲了讓眞正達至中央集權的「廢藩置縣」[69]順利推行,明治政府決意成立由薩摩、長州、土佐三藩近一萬人組成的朝廷「御親兵」,以防各藩武力反抗。

---

67 又稱「君誇御門」,共有三個入口,中門只給國王、國賓等高級人士使用,一般官吏使用兩邊側門出入。

68 指明治二年推行的「版籍奉還」,即諸藩藩主將領地(版圖)和藩民(戶籍)歸還天皇,藩主改為知藩事(或稱藩知事)。

69 於明治四年實施的政策,即廢除所有藩國,全國改為府縣制,由中央政府統治;並撤銷所有知藩事,改由政府派遣知縣事(或稱縣令)。

吉之助替半次郎改了個新名字——桐野利秋，並將他負責的鹿兒島常備隊第一大隊編入御親兵中。辰央和煙渚亦應半次郎力邀，動身再往東京[70]。

出發前兩天，煙渚來到古森租住的長屋。

「龜川親方升任三司官了。」安仁拿出密函道。

「宜野灣仍在，我怕龜川親方這位置坐得不穩。」

煙渚剛想讚嘆一句，古森就當頭棒喝。

不久前，各藩正式被廢，而明治政府根據薩摩遞交的〈日琉關係調查報告〉，將琉球編入了鹿兒島縣，教煙渚三人忐忑不已。

「你到了東京，得多加留意大和對琉球的動向。」古森說。

「是。」但煙渚心裡有件事放不下。「古森先生，有武戶叔的消息了嗎？」

「沒有，戰爭過去都兩年了，新選組沒死去的早就各散東西。」

「……」

辰央二人到達東京當晚，吉之助特地在高輪藩邸擺酒接風。

「能得汝等扶助，著實令人高興。特別是辰央，一藏早跟俺提議喚汝上京。」

「承蒙兩位大人賞識，鄙人感激不盡。」辰央微微探腰，又向半次郎舉杯，「半次郎先生，恭喜你升任陸軍少將。」

「謝謝！」

半次郎放下酒盞，一臉興致勃勃的，說：

70 慶應四年七月十七日，天皇下詔將「江戶」改名「東京」。明治二年一月一日，日本正式遷都東京。

「辰央，汝也不差啊！大久保大人跟西鄉大人商量好，要撮合汝和外務卿副島大人的千金呢！」

此話一出，全場氣氛僵住。

「的確是段良緣。」吉之助見底下兩人都不則聲，只好打破沉默，「副島君乃剛直之人，能隨彼學習也是件樂事。」

「辰央，汝就留在這裡，跟人家見見面吧！」

半次郎就急著把弟弟嫁出去。

「留在這裡？甚麼意思？」辰央偏把重點放在別的地方。

「俺過幾天到北海道視察，想讓煙渚同行。」

「我也——」

「不行！大久保大人已經替汝和副島大人約好了。」

辰央無從反駁，半次郎也轉向煙渚，問：

「汝沒問題吧？」

「是……」

町娘也好，遊女也罷，一直以來總有女子圍在辰央身邊。起碼，至今尚未結婚的綾子已讓季實跌破眼鏡。

正如吉之助與半次郎所言，這對辰央來說是最佳的安排。

大概是盛夏炎熱，加上連日舟車勞頓，到達館縣後，煙渚和另一名隨員都病倒了。不久前，這座曾被土方攻陷的松前城正式歸明治政府所有，守城的人立刻請來前藩醫杉村介庵爲他倆診治。

「泉山大人，麻煩你脫掉上衣。」介庵掏出聽診器說。

「醫師，我……」

煙渚尷尬的神色讓介庵不得不仔細打量她，一會，後者恍然大悟，然而沒顯得特別驚訝，大概以爲這是腐敗新政府官吏的女人。

「那請你翻身，用力呼吸，讓我聽一下背。」

煙渚按吩咐行事，但一下勁，不由得猛咳幾聲。

「平日經常咳嗽嗎？」

「偶爾……」

「先吃點藥看看，請謹記多作休息。」

「明白，謝謝。」

介庵走到一旁開方子。

「醫師，可以向你打探一件事嗎？」

「請。」

「你知道新選組嗎？」

筆尖吃驚得跑偏了。

「戊辰一役，他們由會津退到這裡——」

「你跟他們有何關係？」

煙渚發覺介庵的眼神多了幾分戒備。

「請放心，我並無惡意，只是想打探兩個人的下落。」

「……誰？」

「沖田總司跟他隊裡的小平。」

回到同樣在松前町的宅邸，介庵將早上的事轉述給招徠不久的婿養子聽。

「要跟她見面嗎？我覺得由你告訴她比較好。」

「父親大人，我怕自己控制不住……」

「我明白你的立場，但那位小姐也很可憐。」

「……」

兩天後，介庵再進城出診，並邀煙渚到自宅一趟。晚上，煙渚連飯都沒吃，佯裝休息，偷偷從城後跑出去。

煙渚坐在客室，等上四半刻，腰付障子終於打開。

她昂首一看，頓時愣住。

「永……倉……？」

「沒想到是我吧？」

新八盤腿坐下，懶理煙渚那副沒搞清楚狀況的樣子。

「話說在前面，這次會面完全是遵從家父之意。」

「家父……？」

「新選組在甲州之戰後退回江戶，我和原田就脫隊，另組靖兵隊北上。怎料，我們到了米澤，會津經已投降……」

憶起戰敗之事，新八依然未能釋懷。

「我的事別提了！你怎會認識小平？」

儘管解甲了，新八的目光仍舊銳利。

「他、他是我父親的舊友。」

「這麼說，那傢伙果然跟薩摩串通，是該死的！」

「你們殺了他？」

「是又怎樣？他將近藤先生和總司的行蹤告訴伊東一黨，差點害死他倆！」

縱然猜測過武戶的心思，煙渚還是想不到，他爲了巴結薩人而行此險著。

「那麼，沖田先生現在……？」

「你眞的那麼在意他？」

新八臉色一沉，聲音也糾結起來。

「你知道對總司來說，甚麼才是最重要嗎？」

「我只想知道他過得怎──」

新八猛的撲向煙渚，一手按住左肩，一手捏緊脖子，將她死死的壓在地上。

「喀……永……」

「你要是喜歡他，就不應將他最珍重的新選組趕上絕路！不該處斬他最尊敬的近藤先生！」

煙渚嘗試掙脫新八，但大病初癒的她根本使不出力氣。

「一直傷害總司的人，偏偏裝出一副關心他的樣子，嘔心死了！」

「新八，放手！」介庵衝進來，從後抱住他，「放手，要出人命了！」

「就讓她抵了總司的命吧！」

（抵命……？）

煙渚霎時癱軟下來，兩眼發直，任由新八的淚水滴落臉上。

「上野戰爭沒過多久，總司……總司就病死了……」

新八哭得無力，終於鬆開了手。

「柴田先生說……總司臨死還……還抱著他的劍……和你的圍巾……嗚……傻瓜──」

共事多年，辰央都沒試過單獨邀古森去喝酒。兩人雖無過節，但走在一起總有點格格不入。也許，是命運使然。

「剛才謝謝你。」

辰央爲古森斟滿一杯，後者擺出滿不在乎的樣子。

「沒甚麼。」

半次郎和煙渚離京第三天，辰央按照大久保的安排去相親。可是，他一見副島就跪伏，道：

「副島大人，鄙人非常感激你跟大久保大人的一番美意，但是幕府雖倒，新政權未隱，在下只想專心國事，懇請大人諒解。」

於是，回到高輪藩邸後聞得此事的半次郎，即發狠走到辰央的寢室，開口就罵。

「汝這傢伙在搞甚麼？丟盡兩位大人的臉了！」

幸好，古森出言相勸，不然以半次郎的性格，辰央可能要捱打。

「說實話，你爲甚麼要拒絕這門婚事？」

古森挑起眼角，問：

「已經有心上人了？」

「嗯……」

「跟大久保大人說清楚不就行了嗎？」

辰央心裡明白，那個人，大久保絕不會贊同。

「古森先生，你覺得應該把泉山送回鍵直屋休養嗎？」

「回京都的路途遙遠，她未必受得了，還是留在這裡接受治療比較好。」

「不過……」辰央的酒盞裡泛起微波。

「有何不妥？」

「醫師說，她的精神狀況很糟糕……」

這時，被窩裡的煙渚捧著離開杉村家時介庵送上的和紙。

若不動，花水永隔幽暗中。[71]

「這是沖田先生的辭世句。」介庵再把藥方塞進煙渚乏力的手裡，「你得保重。」

眼前文字又模糊起來。

「沖田先生，……對不……起……」

古森強抑欲攢的眉頭，勸道：

「給她點時間吧，畢竟無法爲父報仇，任誰也會飲恨。」然後提起酒壺，「請。」

溫酒嘩啦嘩啦的落入杯中。

「櫻間大人？」

古森的視線越過辰央的肩膀，投到一個素未謀面的男人上。

辰央邀請那人同坐，並介紹起來。

「這位是古森先生，很久以前便爲西鄉大人辦事。」

「在下三井丑之助。」男人彎腰說。

71　日語原文為「動かねば　闇にへだつや　花と水」。

「你是鹿兒島縣士？」古森對此人毫無印象。

「不，我原是新選組隊士。戊辰戰爭時，多虧西鄉大人寬洪海量，我才得以爲其效力。」

在古森眼中，三井無疑是個油腔滑調的人。

三井本來與伊東一黨關係不錯，近藤被捕後，加納鷲雄就推薦他改投薩摩。明治二年五月十三日，吉之助致函知政所[72]，提議授予三井、前佐土原藩士淺田政次郎和前西大路藩士森時之輔「御小姓與」的城下士資格，待遇算是不錯。

「三井，你不是應該在八王子嗎？」辰央問。

「我要定期回來報告那邊的農業狀況。」

「辛苦你了。」

「不，你客氣了。」三井突然挨近辰央，「櫻間大人，我最近在八王子聽到個傳聞……」

年底，新政府應岩倉要求，組織了一個以薩長官員爲中心的一百零七人使節團。此團走訪歐美各國，不單爲促進日本與泰西的友誼和學習西方文明，更重要的，是爲幕府末期簽訂的條約進行修改談判。

身爲大藏卿的大久保也作爲副使隨行。出發前，副島意外地跟他提出，要將辰央調任外務省。難得副島不計前嫌，大久保當然樂意，辰央則仗謊話說到底的心態去了。

「怎麼不動筷？不合你的口味？」

72 舊藩廳。

每當辰央晚歸，煙渚都會把飯菜端到他的寢間。
「沒甚麼，只是有點累。」
辰央努力擠出笑意。
「要不我給你煮碗粥……」
煙渚想要捧走膳臺，卻遭攔下。
「不用了，你也別太辛苦。」
辰央提起木箸，拈點魚肉往嘴裡送。
「今天收到桐野先生的信函，說工作很順利。他擔心西鄉大人顧著籌辦警保寮而影響身體，讓我們多拜訪大人。」
明治初年，雖有諸藩藩兵維持東京市內治安，但成效欠佳；加上，為解決御親兵裡下士受排斥的問題，吉之助在兩個月前設立了一隊以千名薩摩鄉士為基礎，並結合諸藩下士，共三千人的警察隊（翌年被編入司法省警保寮），負責街道巡邏。
同一時間，半次郎獲委任為鎮西鎮台司令長官，到熊本上任去。
「熊本……是你的家，想要回去一趟嗎？」
「不，」煙渚淡然應道，「我上次把桐野先生嚇壞了，那還好意思去打攪。」
辰央掌心傳來的溫度，暖得煙渚兩頰緋紅。
「你沒事，我便安心了。」
煙渚難以直視這男人，只得緩緩垂首，辰央也繼續進餐。
「櫻間先生，」過了一會，煙渚鼓起勇氣抬頭，「我想到外務省工作。」
病癒後，煙渚除了讀書、練劍，就是照顧辰央的起居。說實在，辰央不想改變這樣的生活，但拒絕喜歡的人，他還是辦不到。

「我嘗試向副島大人進言，但你要答應我，別勉強自己。」

「是。」

煙渚揚起嘴角，打從心底感激對方的好意。

「外務省的工作挺煩人，你要作好準備。」

「例如？」

「最近的話……」辰央擱下木筷，「在清國的柳原前光大人傳來報告，去年十月，五、六十個宮古島島民乘坐年貢船到首里，回程時遇上風浪，不得已在八瑤灣登岸，結果惹怒了當地生番而被殺。爲此，縣參事大山綱良大人要求出兵征臺，政府上下如今正鬧得沸騰……」

說著、說著，他察覺煙渚臉色大變。

「怎麼了？不舒服嗎？」

「有點……對不起，我先回去……」

辰央走上前，想扶住腳步踉蹡的煙渚。

「我送你。」

「不用了，你請盡早休息。」

——渚……煙渚……

煙渚睜開雙眼，天花依舊沒變。

離開杉村家後，東本願寺的夢不知重複了多少遍，每次醒來，身上猶如殘留著總司的體溫。

新八說的沒錯，總司一直把自己當作新選組的劍，即使得病，仍不懈地負起隊長的責任，起碼煙渚親身感受過他認真的劍氣。

總而言之，爲新選組揮刀至最後，一定是總司的心願。

（征臺的話，相距不遠的琉球恐怕也……）

煙渚提刀走出房間，來到中庭的大樹前，闔眼憶念佛光寺通那個夜晚。

噌！

長刀出鞘，煙渚收起左肩，側身向前，右腳一踏，劍尖嗖的直刺入樹身。

「……」

可惜，落點走偏了。眼前的若是眞人，最多只能傷其面頰。

煙渚拔出白刃，揮掉木屑，退後兩間，這次換上右手。

噠、噠、嗖——

（還是偏了……）

她就這樣反覆試驗，清晨，樹上的刀痕把花匠嚇得鐵青了臉。

「又是漂流船惹的禍……」

翌日，煙渚跑到藩邸附近的長屋，將島民被殺之事告知古森。後者聽罷喃喃自語，接著推開書案，掀起榻榻米，取出一封密函。

「前兩天安仁寄來的，看完再說。」

年初，鹿兒島縣廳派遣差傳事伊地知壯之丞（貞馨）和奈良原幸五郎（繁），以「酌察時情，追考古風，概歸善美，救助士民」之命抵達那霸。不久，一艘中國船漂流到八重山，龜川力主一如既往，由琉球自行處理送還。

「琉球從古至今，不論中外船隻，一向善待；至於中國漂流船民，歷來都由我國派船親自送返福州，兩位大人無權過問！」

因爲這艘漂流船，龜川觸怒了伊地知和奈良原，結果由宜野灣與他的日本舊知——剛出任最後一位琉球在番奉行的福崎助七（季連）從中調停，事件才不致升溫。

事後，宜野灣乘機上表尚泰，指龜川言行極端，恐影響與大和的關係。加上，自慶長一役，薩摩對於三司官任命也有一定話語權，尚泰爲免再生出不必要的事端，惟有勸退龜川。

後來，宮古島貢納船由福州返抵那霸，伊地知和奈良原便將臺灣發生的事故呈報外務省。

「嘿，戊辰戰爭才過了幾年，又急著貪功起釁。」古森用力抽一口煙。

「大山綱良與西鄉交情甚深，也許兩人都有著共同的想法，要爲舊藩士另謀出路。」煙渚凝視信紙說。薩摩人以驃悍著稱，經過幕末一場血洗，突然要他們解甲歸田，的確難以服眾。

「根本就是薩長之爭。」古森的手腕一轉，煙袋鍋啪的磕向火盆。「當日爲了利益而結盟，今日爲了利益而爭風，雙方從沒一致過。」

煙渚想到自己也不過爲了琉球的命脈而來。

「喂，如今龜川親方下野，打探消息恐怕沒那麼容易，所以無論如何要讓櫻間推薦你入外務省。」

「無論如何」四個字，煙渚聽起來總覺得別有意味。

沒多久，大山要求尚泰派使節團到東京慶祝明治新政的信件便送抵琉球。經商議後，尚泰立定讓熟知大和文化與形勢的宜野灣擔任副使，陪同正使伊江王子朝直（尚健）前行。

明治五年八月十二日，煙渚一大早就跟辰央來到愛宕下佐久間小路，恭候今天抵埗的琉球使節團。明治政府將原屬豐後國佐伯藩藩主毛利高謙的上屋敷，賜予使節團作爲旅館。

本來，外國使節應入住赤坂御所北面的迎賓館，但左院六月通過了大藏大輔井上馨的動議：

外務省接待琉球使者，應儘量以國內事務規則待之，與接待歐美各國太平特派使節加以區別，不用對等國之禮，當按屬國為之。

當然，琉球早在慶長年間，就被視作大和之物。

「櫻間大人，一切準備就緒。」

一個皮膚黝黑的青年走出玄關對辰央弓腰。煙渚認出，他是曾在御香宮擔任砲手的重野民彌。

「辛苦了。」

辰央完成複查，便吩咐向吉之助借調的一眾薩摩鄉士到門外列隊。

琉球自寬永十一年開始向幕府朝貢，而最後一次「上江戶」已是二十三年前的事；因此，數十個穿著唐裝的琉球人走過東京街頭時，民眾依然好奇不已，彷彿比所有賣藝人都要吸引。

最初，對幕府來說，琉球僅是日明貿易的仲介國，「上江戶」只是薩摩誇示權威的手段，不屑一顧。就連第四代將軍家綱誕生時，琉球派出慶賀使也被幕府認爲不合禮儀。

直至寶永六年，薩摩在給幕府的請願書上，將「上江戶」寫成乃彰顯將軍的「御威光」，加強幕府對琉球的佔領意識，幕府對於「上江戶」的態度才有轉變。

然幕府已不復存在，琉球到底以甚麼身分前來？相信尚健等人亦答不上嘴。

柳之間的裡室內，副島位處上座，左邊坐著伊地知與奈良原，正面是尚健和宜野灣。一眾外務省官員列席在外室左側，對面則是另外兩位琉球贊議官——喜屋武親雲上[73]朝扶（向維新）和山里親雲上長賢。

73 正三品至從七品琉球官吏之尊稱。

聽見副島呼喚，辰央立刻出列，端坐到中央。

「伊江殿下，這是負責各位在京安全的警備長——鹿兒島縣士族櫻間辰央。」

尙健與宜野灣回身一看，跪坐廊下的煙渚方窺見二人容貌。

尙健原是第十七代國王尙灝王的第五子，即尙泰之父尙育王的親弟，後來過繼到分家伊江御殿；而宜野灣實質是尙育王第十一妹牧志翁主的夫君。基於兩人關係密切，加上尙健有親日傾向，龜川早就叮囑煙渚加倍留意。

廊下的警備隊全員隨辰央朝兩人施禮。仰頭一刻，煙渚偏與宜野灣對上。這個戴著紫冠、插著金簪的白髮男人，凍凌鬍臉，目光鋒利如白刃，盯得她直起疙瘩。

相反，長時間跟大久保打交道的辰央表現從容。

「吾等將全力以赴，保護伊江殿下與各位大人。」

「櫻間大人眞是年輕有爲，有勞了。」尙健含笑回道。

「俺覺得櫻間大人對使節團太客氣了，」重野在晚飯期間突然開口，「彼等不過來自我國的一個小藩。」

煙渚聞言，神經不禁抽搐一下。辰央則擱下碗筷，說：

「聽住，我國貴爲大國，更應懂得寬厚。我們不能做出讓陛下蒙羞的事。」

要是此話出於他人之口，煙渚必定覺得噁心，正因爲是辰央之言，她倒感到糾結。

等了一個月，琉球使節團終於獲明治天皇接見。可是，眾人一回旅館，便三五成群的圍在一起，幾個重臣更聚到尙健的寢間抱怨起來。

「伊江殿下，這教我等如何向陛下交代？」

「對！陛下給薩州的書函，不是強調過我方此行純粹恭行慶賀，並無意改變與大和的關係嗎？我國如今顏面何存？」

兩位親雲上的話，尚健根本聽不進去。方才日本大臣宣讀詔書的聲音，仍在他耳邊縈迴不去。

朕膺上天景命，……今琉球，近在南服，氣類相同，言文無殊，世世為薩摩藩之附庸。而爾尚泰，能致勤誠，宜予顯爵，著陞為琉球藩王，敘列華族，……永輔皇室。欽哉。

「兩位，請先讓殿下休息。」宜野灣的眉毛一動不動。「吾等四天後還須到御所出席歌會。」

「宜野灣親方竟然還有這種雅興……」

儘管叨嚷之聲低得不知由誰發出，宜野灣還是清楚聽見，遂厲眼投向二人。

「歌會素來是我國與大和的交流渠道，也是今次出使的職責之一，吾等若就此自亂陣腳，更無法保存龍顏。」

大和詔敕令使節團上下坐立不安，結果，在吹上御苑瀧見離宮舉辦的歌會，只由尚健、宜野灣及喜屋武出席。

尚健雖對明治政府抱有一點幻想，然事關琉球命脈，他亦不敢忘卻出發前尚泰下達的旨意——向明治政府提出減省貢物和歸還五島[74]的要求。

歌會結束後十日，尚健及三位副使由警備隊護送到外務省，向副島提出以上呈請。副島以須通過朝議爲由，讓尚健等人先回旅館等候。怎料，副島三天後又命使節團按照日程，與伊地知等於品川登上「三邦丸」歸國。

也許上天都不想將此噩耗傳達琉球，使節團在路上可謂險阻重重。

74　指奄美大島、德之島、喜界島、與論島和永良部島。

啓航沒幾天，船隻便因天氣不順，滯留伊豆。眾人在京都參觀完名勝古蹟，準備動身時，又爲尙健感染風寒而折返大阪，八、九天後才能向鹿兒島進發。歸程延至翌年二月二十三日，船隊再因惡劣氣候擱淺奄美大島，最後於三月三日才著陸運天港。

「出使清國？爲甚麼？」

尙健的使節團返抵那霸前十日，辰央告知煙渚這個消息，不好的念頭頓時充斥她的腦袋。

「此行的目的主要爲了換約。」

明治三年（同治九年）七月，外務省派遣大丞柳原前光到清國，要求締結雙邊條約，確立通商關係。當時的中國和日本同遇西方列強欺壓，柳原因而採取「同病相憐」政策，令直隸總督兼北洋大臣李鴻章既受感動亦生敬畏。

深受條約束縛之苦的清政府，固然也爲日本人的唐突要求爭議、糾結一番。惟明治政府今回勢在必行，讓柳原帶備條約底稿，送交對方。

李鴻章再三考慮，得出這樣一個結論：

……此番日本遣使來商，未始不視中國之允否以定西洋之向背。設因拒絕所請，致該國另託英、法更助該國以譸張。彼時允之，則示弱於東藩，不允則必肇釁於西族，在彼轉有脣齒之固，在我愈無牢籠之方。似又不如由我准其立約，以示羈縻。

於是，翌年四月，明治政府正式委任正使大藏卿伊達宗城和副使柳原再訪天津。

雙方終在七月訂立日本稱爲《日中修好條規》、中國稱爲《中日修好條規》的十八條平等互惠條約，加之三十三條《中日通商章程：海關稅則》。日本由以前只開放長崎一港，增設橫濱、函館、大阪、神戶、新潟、夷港（佐渡）與築地七處爲新通商港；中國亦開放天津、牛莊、芝罘、上海、鎮江、寧波、九江、漢口和廣州九處爲商港。

自此，琉球的中轉港價值蕩然無存。

然而，明治政府內部對條約提出種種異議，並派柳原三度赴清，意圖改約。

李鴻章以「此舉失信於萬國公法」爲由堅拒，令柳原空手而還。明治政府只得派副島爲特命全權大使前往中國，以期盡快完成換約儀式，使條約正式生效。

當然，今趟出使，殊不簡單。

「除此之外，還須商議朝鮮和琉球藩的問題。」辰央補充說。

「琉球……藩？」

煙渚不情不願地補上那個字。

「就是爲了出兵臺灣一事。」

煙渚驀地想起數月前，從熊本回來的半次郎爲了徵兵告諭，怒氣沖發地直踩入辰央寢間的情況。

同樣出身於武士之鄉——薩摩，辰央固然理解他的感受。

廢藩置縣後，全國武士被列入士族，地位遭受貶抑，如今還要推行全民皆兵的制度，武士階層將瓦解雲散。

「山城屋一事明明是擊倒長州派的好機會，爲甚麼西鄉大人要反對？」半次郎說。

去年，原名「野村三千三」的奇兵隊隊士和助，在同樣出身長州的陸軍大輔山縣有朋協助下，在橫濱開設「山城屋」，成爲兵部省御用商人。其後，和助向陸軍省借用十五萬美元進攻生絲市場，惜生意因普法戰爭觸礁。爲彌補損失，和助再度跟陸軍省借貸，遠渡法國直接與當地人進行交易。沒多久，外務省收到日本駐法公使鮫島尚信報告，指和助揮霍了六十五萬日圓公帑，掌握陸軍省的長州派亦受到彈劾。山縣立刻召回和助，並與山城屋斷絕關係。陷入絕境的和助終在陸軍省切腹自盡。

半次郎認爲今次是打倒推行徵兵令的山縣的好機會，吉之助偏反對山縣引咎辭職，更支持實施法令。對於本來希望推行志願軍制度的吉之助有如斯舉動，半次郎確實迷惑不解。

「半次郎先生，現在是『明治』了，難道我們要回到蛤御門之戰那年嗎？」

辰央雖不常在吉之助身邊，但似乎比半次郎更理解他的想法。

「很久以前，揮刀就不再是武士的專利。」

那些臉孔刹時浮現，讓煙渚陷入覃思。

（徵兵令就是爲征臺作準備……？）

「泉山……」

不知何時，辰央已湊到煙渚面前。自從將那條織帶贈予總司，她肩上好久沒溫暖過。心神還未定下，耳際又傳來絮語。

「我這趟要去好幾個月，總有點不放心……」

——櫻間大人，我最近在八王子聽到個傳聞，沖田總司幾年前在千駄谷病死了。

辰央總是想起三井丑之助的話。

「我的身體已無大礙——」

「不，我是怕遠行期間，不知又會從哪裡冒出個男人來。」

辰央的吐息烘得煙渚右頰灼熱。

「可能你心裡還有那個人，但是出使清國歸來，我希望向副島大人和大久保大人坦白，然後跟你——」

「櫻間先生！」

煙渚輕輕推開辰央，問：

「你還記得桐野先生從熊本回來那天，你跟他說的話嗎？」

「記得。」

聽到關於武士專利的說法，半次郎由惱火變成焦躁，不明白辰央爲何會說那種洩氣話。辰央當時表明自己並非打算放棄武士身分，因爲……

「信念本是無形之物，所以不管如何，只要心中堅持，它絕不變樣。」

煙渚用力擠出笑容，說：

「請你謹守這番話，無論將來發生甚麼事，都要堅持信念。」

明治六年三月，副島與他的六百名隨行士官，分乘「龍驤」和「築波」兩艘軍艦離開橫濱不久，島津久光也領著二百五十名家臣持刀上京。陸軍元帥兼近衛都督西鄉隆盛將被暗殺的風聞，旋即吹遍帝都。煙渚因此衝到吉之助租住的長屋，要求留守護衛。

「熊吉，俺有點累，今天由汝帶牠們去散步。」

吉之助喜愛打獵，養的狗也愈來愈多，這時期已有十多隻。

「是，老爺。」熊吉奉過茶便離開。

「煙渚，久光公昨日已經來過，俺不仍安然無恙的坐在汝面前嗎？」

吉之助這樣說，不是眞的相信久光，因爲他熟知久光的脾氣。對於一個在天皇巡幸薩摩期間奪去自己光環的臣子，久光不可能以德報怨，無故邀請對方移居小綱町藩邸。

「雖然大人拒絕了久光公，我惟恐暗箭難防——」

「汝何以不提設置琉球藩的事？」

煙渚立時頭皮發麻，與吉之助四目相覷，發不出聲音。

「俺們以前見過吧？汝也住在龍鄉村？」

（武戶叔的村子……？莫非是……那次？）

武戶潛伏大和前半年，他的妻子已患上勞咳。萬武佐知道武戶放心不下，就不時命煙渚去探望。有一次，武戶的妻子病發，煙渚跑去找醫師，冷不防撞上一個腰際別刀的男人。那時候，她以爲對方是駐島的薩摩官員，沒料到原來是流放中的吉之助。

「西鄉大人，請、請別轉移話題……」

「不，這兩件事一脈相連。」

「……」

「汝不敢面對嗎？」

的確，「廢藩置縣」將煙渚昔日在寺田屋做的好夢敲碎，吉之助到底是以大局爲重的人，無論對內，還是對外。

「那麼，龍鄉先生不是曾在琉球生活嗎？不是曾與琉球百姓交好嗎？」

「對俺而言，那是薩摩屬地，並非一國。」

「這是作爲一個家臣的想法嗎？」

「沒錯。」

煙渚緘默片刻，膝行倒退三步，伏地一拜。

「西鄉大人，我的命始終是你留下的，保護你也是我惟一且最後能做到的事。不管你願意與否，我都會阻止久光公傷害你。」然後拖著腳步來到門前。

「煙渚，」吉之助知道她還沒把話說完。「還記得俺阻止汝跳下清水寺舞臺時說的話嗎？」

「記得。」

「決心既定，就得無愧腰間兩刀。」

「是。」

作爲琉球子民，必須守護國家，這一點煙渚心裡還是清楚的，更何況明治政府正不斷蠶食琉球的獨立地位。

本年三月，與那原親方良傑（馬兼才）被迫擔任琉球藩「東京在番」首長。伊地知與尚健等回到琉球，亦到取替薩摩藩在番奉行所的外務省出張所[75]上任。

琉球命脈就此被外務省捏於掌中。

一直奉行鎖國政策的清國和日本，遭洋人強行打開國門後，變化相距甚遠；畢竟她們的政治背景和體系並不相同，清國出不了薩長。

惟一共通之處，也許是兩國在上位者同樣有顆懼夷之心。

駐清外使自咸豐帝開始要求入覲，但一直被拒；即使同治帝即位，慈安、慈禧兩位太后垂簾聽政，清朝仍以皇帝尚幼爲由推卻。

同治十二年正月，一睹龍顏的時機終歸來到，同治帝親政了。

英、法、美、俄、德五國聯署照會總理衙門，成功求得覲見。怎料，一場禮節風波隨之而起，副島等人正好趕上。

「都甚麼時代了，清人還堅持行跪拜禮？」

---

75 設在外地的辦事處。

無疑，對於衝破幕末攘夷思想且積極師夷的日本來說，中國的步伐未免過慢。

五月七日，江蘇海關道孫士達受李鴻章之命，陪同剛抵京的日本使節團，入住金魚胡同裡的賢良寺。

副島上月底曾到天津解釋改約之事。他重施昔日柳原之技，以同病相憐爲由，加以岩倉與西方修約的經驗爲餌，令李鴻章對他心生好感。不過，覲見禮節的問題難倒了副島。爲提升日本的地位，他正忙於就頭班覲見一事，與恭親王奕欣辯論。

「櫻間君，明天請你陪同柳原大人和鄭大人，到總理各國事務衙門一趟。」

「遵命。」

副島故意挑選辰央隨行，除了欣賞他的劍術，且因他罕言寡語的性格。

辰央來到總署，仰頭一看門前的牌樓，見上面掛著「中外禔福」[76]四大字。

然而，對於經歷過幕末動盪的劍客來說，國與國之間眞的能夠做到一體嗎？即使處於明治新政下，他也不敢確定。外人看來，這大概是中國一廂情願的想法。

三個月前，龍驤艦還在大隅佐田岬南行時，副島曾在將臺上賦詩一首——

> 風聲鼓濤濤聲奔，火輪一幫艦旗飜。
> 聖言切至在臣耳，保護海南新建藩。

詩中的「新建藩」無疑指琉球，可見「試探清國虛實，爭奪琉球主權」於此行是何等重要。

在文書權正兼代理大使鄭永寧的翻譯下，柳原跟吏部尚書兼翰林院掌院學士毛昶熙、戶部尚書董恂二人

---

[76] 出自《漢書・司馬相如傳》「遐邇一體，中外禔福，不亦康乎？」。

正式展開談判。

「兩位，對於多番被拒以頭班覲見貴國皇上，我國副島大臣感到十分遺憾，已下令取消餘下行程，盡快整裝歸國。」

柳原一改往日請求改約的態度，在會上先發制人。毛昶熙和董恂皺緊眉頭，然未支聲。

「當然，我大臣仍冀期兩國關係益加鞏固，故特派我等前來與貴方洽談另一事件。」

「願聞其詳。」出於書香處處的江蘇，董恂說起話來特別溫婉。

「前年冬天，我國人民被臺灣生番殺害，我國政府決定出使問罪。惟該地鄰近貴國，若不事先知會，一旦波及貴國管轄範圍，我方恐怕無辜受到猜疑。有見及此，副島大臣派遣在下預先說明，釋除我國嫌犯，免傷兩邦和氣。」

「我國人民？」

毛昶熙剔起眼角。

「柳原大人，琉球乃大清屬國，何以突然與貴國扯上關係？何況我國早將脫險的船民送還琉球，並加以撫恤，貴國根本毋庸費心。」

柳原揚眉挺身，回道：

「毛大人，琉球自中葉開始附庸薩摩，由我國撫慰悠久。前年，琉球更被劃爲我國藩地，歸入鹿兒島縣。去年，琉球又派使節團上京祝賀我國新政，尚泰獲封爲藩王，列入華族。毛大人還能否定琉球人民乃我國子民嗎？」

昔日幕府掌政，每當清國來使，薩摩還會忌諱三分，讓琉球上下撤除所有具大和色彩的人和物。如今明治一新，大和即毫不避嫌，明刀明槍，宣示擁有琉球主權。

「哦，眞巧啊！」毛昶熙暗笑著，拱手道，「三月之時，尚泰王才遣使祝賀聖上大婚。」

龍驤艦在橫濱啓航之日，正是琉球使者抵清之時。

柳原心中盤算著回國後如何打尙泰的小報告，眼睛則看著毛昶熙，說：

「那麼，敢問毛大人，貴國將如何處置實行暴殺之生番？」

毛昶熙有點不耐煩了。

「老夫重申一遍，臺灣、琉球皆爲我國屬土，屬土之人相殺，我國自有裁決，貴國毋須煩爲過問。加上，殺人者皆爲生番，萬國如貴國之蝦夷、美國之紅番皆不服王化，我國姑且置之外化，亦無不妥。」

「毛大人的目光未免太狹窄了。」

「甚麼？」

河南人易怒的特性形於毛氏臉上，柳原卻泰然處之。

「正因爲貴國一向輕率處理生番行兇的案件，方令他們變本加厲。若土番日後殺害泰西人民，外國定必對該地起兵並趁機佔領，屆時不單番地，府縣也將不爲貴國所有，正如貴國之安南、廣東和黑龍江！」

「所言甚是」，想必是毛、董二人，甚至列席的孫士達此刻感想。

柳原換了口氣，持續他的演說。

「毛大人既言番地乃化外之地，則我國治理之，本應毋須通報貴國。再者，我國膽略勇敢之士聞得琉球藩民遇害，早就咬牙切齒。若我等今趟歸國無法交代，怒氣難消的義士恐怕會奮起越境，屆時我國政府亦無能爲力。」

柳原此時的氣焰，源於明治天皇頒布的別敕有命：無論清政府是否視臺灣全島爲其屬地，只要不承受談判，不對是次慘案負全責，日本就有權接手處理。

董恂趕緊上前打圓場。

「柳原大人，未能制服生番暴行，我國實有政教不逮之處，但福建總督救護琉民的奏報仍在審查中，還請等候他日答覆。」

柳原心裡竊喜，但故意拉長了臉。

「董大人，貴國處置生番的手法已傳遍我國，加上副島大臣急於歸國覆命，豈有等待他日答覆之暇？吾等就此告別。」

緊接著便是辰央見柳原拂袖步出總署、眾人趨蹌趕上的情況。

「鄭先生，拜託你了。」這是副島聞悉會面情況後的第一句話。

晚上，孫士達叩響了鄭永寧的房門。爲免把事情鬧大（也可能爲掩飾出兵意圖），鄭永寧向孫士達重申，日方提及臺灣生番兇案，不過以防傷害兩國友好。

總署聽罷鄭氏的解釋，也不欲節外生枝，只得放棄跪拜禮儀，並讓副島於六月二十九日在紫光閣居首班覲見。

踢踢躂躂的馬蹄聲止於白戶診療所外。

「仲山先生，東京來郵包了！」

明治四年，有「鴻爪」之稱的前島密，向太政官三條實美建議設立官方郵便制度。起初，郵便服務僅在東京至大阪之間試行，翌年七月已推及全國。

那時候，江戶時代民營的飛腳問屋猶存，且與官方郵便役所和東海道各宿場協辦的郵便取扱所[77]出現競

77 代辦處。

爭。政府索性於明治六年五月將書信郵遞歸爲專營，禁止飛腳問屋傳送，違者須罰款二百日圓（相當於當時五等官一個月的薪水）。

爲安撫一眾無辜被奪去生計的飛腳，政府另一方面協助飛腳問屋轉型，創立陸運元會社（日本通運株式會社的前身），承包官營郵件，以及運送一般包裹。

「辛苦了。」

安仁捧著涼水和點心走到門口，遞給年輕的郵便員。

「尊夫人經常給你送東西，眞幸福呢！」

自從古森跑到東京，煙渚既怕安仁掛心也怕他寂寞，所以每月都會來信。這次，她送上一件親手縫製的夏季羽織。

安仁面對後院而坐，用小刀挑開羽織的左袖子，從中抽出一張字條。

安仁先生，近況如何？桂姨安好？

敬齋死後，阿桂吃得愈來愈少，終於把身子弄垮。臥榻上的她，手腳萎縮得比預期快，兩眼依舊直瞪著天井，一動不動。

安仁將視線投回紙上最後一句。

與馬相安，二向東來。

五月初，與那原受尚泰之命，代替津波古政正（東國興）到東京慶賀年頭和天長節[78]。使節團一行二十九人，入住去年天皇下賜予尚泰的飯田町樆木坂琉球藩邸。由於有上次接待尚健的經驗，煙渚暫時擔任藩邸的護衛長。

提起此藩邸，它後來跟薩摩藩也有點關係。

這座建築原屬「北海道開拓之父」島義勇（前佐賀藩士）所有，後來被明治政府買下。這個時候的島正在秋田擔任初代縣令，但不久便辭官。兩年後，被推舉為「憂國黨」首令的島與「征韓黨」的江藤新平發動戰役，卻敵不過政府軍的槍砲，只得逃到鹿兒島去。島本打算求助於島津久光，惜很快被大久保逮捕，終獲判斬首之刑。

說回正題，與那原抵京後四日，同屬三司官的宜野灣和浦添朝昭（向居謙）也到了鹿兒島。安仁看到這個消息時，「二向」經已進入東京。

他們的目標是副島種臣。

與清廷交涉期間，除了臺灣，柳原亦試探了清政府對另一附庸國——朝鮮的主權底線。日方得到的「答案」，是清政府不會干涉。因此，三條實美順理成章把副島推上遣韓使的位置。

奪位風浪由此捲起。

噼啪！

琉球藩邸的後院裡，其中一個休班侍衛中了煙渚的連擊，痛得啞著嗓子倒下。

「下一個！」

接棒的小夥子來到中間，還遲疑著該擺哪種架勢，弄得煙渚發煩了。

78 天皇誕辰。

「太慢了！給我到旁邊揮刀五百下！」

換了是半次郎或辰央，早就一刀劈下去。

「泉山大人，請讓俺來！」

未待煙渚回應，重野便已出列。

「請多多指教！」接著慣性地擺出「蜻蛉」架式。

煙渚往右踏後一步，半側身子，刀尖朝地。

「嗄啊——」

在吆喝聲助威下，重野手中的木刀直劈向煙渚頭頂。可惜，劍刃撲空，重野的脖頸反受到一記重戳，現場僅迴盪著他嘶啞的咳嗽。

「啊咯……咳……咳……」

煙渚冷眼眙著底下的重野，內心念著那頓晚飯裡他說的話。

「扶他去休息。」

重野在同伴攙扶下爬上套廊，煙渚這才發現浦添和與那原。

「你們繼續練習！」

煙渚走到二人面前，略施一禮。

「請問兩位親方有何要事？」

「我倆只是碰巧經過。」浦添莞爾，「如有打擾，還請包涵。」

「不，我等才是。」

「泉山大人的身手眞不錯，但……」與那原笑得不甚自然，「怎麼總有種違和感？」

煙渚頓了一下，回道：

「可能……因爲我不是薩摩人。」

「果然，各藩國自有一套劍術流派。」

「與那原親方似乎熟知我國文化……」

與那原又乾笑起來。

「只能說略有認識，未談得上瞭解。」

煙渚稍微放心了點。

「若有需要在下的地方，兩位親方儘管吩咐。」

與那原看向浦添。

「那麼，我倆不客氣了。」浦添忽而凝重起來，「能否請閣下轉告副島大人，讓他抽個時間會見吾等？」

副島踏上國土後，確實未曾理會三位琉球重臣。

「請你放心，在下一定稟報大人。」

「謝謝。」浦添就對眼前人有份莫名的親切感。

以前黑田筑前藩邸爲據地的外務省內，辰央向副島呈上一封信函。

「大人，這是琉球藩宜野灣親方和浦添親方的照會書。」

副島暫時將眼光移離案上文件。

「慶賀使應該不是他倆吧？」

「對，你沒記錯。他們受尙泰侯之命前來，上月已在藩邸靜候大人歸國。」

副島閱畢函件，不禁歎息。

「櫻間君，挑個日子陪我到飯田町。」

「遵命。」

此時，一個侍衛叩門而入。

「副島大人，西鄉大將來了。」

「快請！」

吉之助比副島僅年長九個月，卻得到對方無比敬重。副島快步走到門口，引吉之助到旁邊上座。

「副島君，清國之行，辛苦了。」

「我不過盡力而爲。」

「聞說清國未有確定朝鮮和臺灣的主權，是否屬實？」

「西鄉先生，你今日來，是爲了出使朝鮮的事吧？」

果然，副島乃知心之人。

「汝既知俺心意，就請直接答覆。」

「我想先聽聽你的理由。」

吉之助從袖子裡掏出一封信，是大久保在訪歐途中寫給他的。

「汝知道獨乙國的首相俾斯麥嗎？」

「當然。」

「一藏似乎很仰慕此人，俺怕彼的行爲也會漸趨強硬。」

「但是，大久保大人不是反對出使嗎？」

「戰火燃起與否，只是時間問題。」

的確，後來的行動論證了反征韓派名不副實。

「明白了，讓我找個藉口辭任吧。」副島爲吉之助的決心而苦笑。

「感激不盡。」

「副島大人，」辰央同樣不欲吉之助犯險，但尊重其決定。「琉球藩的問題不是尚待你解決嗎？」吉之助與副島相視而笑。

不久，副島向三條請辭使韓之職。吉之助得坂垣退助幫忙，迫使三條召開閣議，通過自己出任遣韓使。

儘管日琉雙方會面時，煙渚未能在場，但與那原三人在等候副島期間，不斷以琉球語商討，終歸讓她知道宜野灣和浦添的使命。

「宜野灣親方，想不到我倆這麼快又見面。」副島說。

「感謝閣下抽空前來。」宜野灣帶笑微微探腰，「今回再度承蒙你關照。」

「我只爲聽取呈請而來，恕不能作任何答覆。」

與那原和浦添略顯失望，宜野灣則神態依然，答道：

「吾等瞭解，就此開門見山了。」然後對與那原頷首。

與那原連忙打起精神，進入正題。

「副島大人，去年清國船隻漂流到八重山的事，相信伊地知大人已稟報閣下。」

「沒錯，聽說龜川親方最後引咎辭任。」

「對，他的位置已由我身旁的浦添親方接任。」

浦添與副島相互點頭。

「重點是，自明朝開始，但凡有中國船漂流至琉球，皆由當藩設法關照，以派往中國的進貢船、接貢船或備用船隻，將難以自行歸航的船民送返福州。同樣地，中國官員也會將當藩漂流民送至福州琉球館。總之，兩國相互送還早成慣例，若貴國在勤人員干預兩國禮儀，當藩恕難從命。」

聽著、聽著，副島突然想起伊地知的覆命函，琉球人果眞「偏固狹小，墨守舊法」。

「此外，」浦添接捧說，「藩王欲知，貴國爲何要求當藩交出與亞米利加合眾國、大哆囒哂國及荷蘭國締結的條約，否則同樣恕難從命。」

連坐在外室的辰央亦察覺到副島的樣子有點爲難。

「副島大人，當藩十分重視貴國，絕不希望受到任何誤會影響，希望閣下能給予吾等答覆，好讓藩王瞭解。」宜野灣一向注重與大和人的關係。

「我會將你們的訴願轉報三條殿下，請耐心等候。」

辰央將副島送回家，再折返藩邸，快近子時。

「櫻間大人。」

辰央穿過前院之際，套廊傳來低喚，蟾影隱約照出宜野灣的輪廓。

「親方深夜等候在下，有何要事？」

宜野灣點亮屋內行燈，身影隨著燭光拉長，爬到辰央腿上。

「算不了要事，只是……」上座後，宜野灣輕揚嘴角，「吾聞大藏卿大久保大人盛名甚久，並知足下乃大人臂膀。去歲上京，未能抽空與你暢談，深感遺憾。」

辰央一眼望穿對方的心思。

「親方過獎了，在下不過一介武夫，只會揮刀仗劍。能跟你如斯腹笥甚廣者高談的，非大久保大人莫屬。若不嫌在下好事，我願爲你引見。」

「那就有勞足下了。」

辰央邊走回侍部屋，邊想起牛次郎對伊東甲子太郎的評價，止不住發笑。

「櫻間先生？」煙渚提著燭臺，站在室外。

辰央趨步上前，脫下洋外套，披到她肩上，說：

「入夜風大，要多加件衣服。」

「謝謝，那個……剛才見你從主殿回來……」

「宜野灣親方說，想拜會大久保大人。」

「原、原來如此……」

「等安排好，一起去吧。」

「是……」

煙渚誓要看看宜野灣的葫蘆裡賣甚麼藥。

宜野灣換上商人裝扮，隨辰央和煙渚來到王子音無川旁的一家茶屋。辰央塞了點錢給店家，囑咐他別讓人靠近二樓。

「大久保大人，我是辰央。」

「進來。」

煙渚斜眼瞄著宜野灣走進包廂，並記起數天前古森在長屋聽聞今趟會晤後發出的第一個問題。

——要是宜野灣出賣我國，你會怎麼辦？

（殺了他！）

「泉山，有問題嗎？」

踏出藩邸開始，辰央就察覺煙渚不甚對勁。

「沒有。」

煙渚靜下心來，竭力豎起耳朵。

「得悉宜野灣親方要見俺，實在有點意外。」

爲迴避征韓論戰而退隱箱根的大久保，連著裝也變樸素了，此刻的宜野灣比他更像個大人物。

「我想與閣下商討琉球的事。」

「汝等不是正與副島大人協商嗎？」

「跟副島大人說的，是琉球朝野的立場；跟閣下說的，是我個人的立場。」

「一個不上朝的大臣會是好對象嗎？」

「琉球自明朝附庸薩摩，當然應該找一個薩摩重臣。」

「政府裡這樣的人多的是。」大久保拿起茶杯，且送往嘴邊且說。

「可是，久光公推薦的，只有閣下一人。」

大久保抬眼瞅住宜野灣，又把貼在脣邊的杯子擱下。

「牧志親雲上找過在下，要是琉球前景能如久光公，不，應該是如閣下所言，我願意配合。」

大久保看著對方，抑制住內心的愉悅。

「泉山。」

煙渚卒乍抬頭，熟視辰央。

「甚、甚麼事？」

「也許場合有點不妥，但是，出使清國前說的事……」

大久保唰一聲拉開隔扇，俯視著辰央那張失色的臉，心裡就猜到八成。

「辰央，汝先送宜野灣親方回去。」

「大、大人呢？」

「讓泉山送便行了。」

待二人走下樓梯，大久保把煙渚喚了進去。

儘管煙渚自問從沒犯著大久保，但初次在京都見面，就直覺他心有芥蒂。要不是辰央的關係，這人絕不會跟她說上半句話。

「泉山。」

「是。」

「俺有件事交給汝。」

「鄙人洗耳恭聽。」

大久保拿起木筷，夾住桌上那尾秋刀魚的頭。

「把那個琉官……」

啪！

兩根筷子闔上，美饌身首異處。

「爲、爲甚麼……？」

訝異於大久保的命令之餘，煙渚更想確定宜野灣的會面目的。

大久保嘆一口氣，說：

「本來叫辰央負責這項任務再合適不過，反正是彼最討厭的那種人。」

煙渚想起當年辰央說自己不配當薩摩武士的原因。

「難得過上平靜的日子，俺不想辰央再沾血。」大久保瞟向對面，「汝在京都幹的事，俺略有所聞，相信汝的劍術絕不遜色於辰央。」

煙渚也不希望龍馬的事重演，更何況琉球人之間的恩怨，不應由外人承擔。

「鄙人明白，但希望此事能對櫻間先生保密。」

「當然。」大久保乜斜一笑。

「大久保要我除掉宜野灣。」

側臥在長屋榻榻米上抽煙的古森瞬間跳起來，瞪目問煙渚：

「怎麼說？」

「詳細內容我沒聽清楚，只聽到宜野灣提及一個琉官的名字。」

「誰？」

「牧志親雲上。」

古森的雙眼撐得不能再大。

「莫非是……牧志朝忠？」

安政二年，琉球與法國簽訂條約，兩國可自由進行貿易。熱衷西方文明的前薩摩藩主齊彬爲避開幕府耳目，於安政四年十月受命側役[79]市來四郎渡琉，擔任在番奉行，爲實行富國強兵政策鋪路。

翌年一月，市來密會以日帳主取[80]牧志親雲上朝忠（向永功）及物奉行[81]恩河親方朝恆（向汝霖）爲首的白黨「表十五人眾」[82]，務求透過他們從法國人手中購得軍艦和銃砲。屬於黑黨的三司官座喜味親方盛普

---

79 藩主的近侍。

80 琉球官職位階之一，屬正四品，置於「申口方」「鎖之側」（負責外交和文教）之下。

81 琉球官職位階之一，又稱度支正官，屬從二品，分爲「用意方」（管理國有財產及保護山川）、「給地方」（掌管官吏俸祿、旅費等）及「所帶方」（管理租稅、國庫出納等）三職。

82 隸屬於評定所的協議機關，位於三司官之下，由物奉行三名長官和三名次官（吟味役），以及申口方四名長官（平等之側、泊地頭、雙紙庫理、鎖之側）與五名次官（包括三名吟味役和兩名日帳主取），共十五人組成，負責在重要國事上向三司官提供意見。

（毛恆德）覺得此舉無疑是自掘墳墓，於是大力反對。怎料，恩河誣陷座喜味私下禁止民間釀酒，以阻撓琉球與薩州的大米貿易，終迫使對方託病請辭。

然而，齊彬在琉球與法國簽訂貿易合約後十多天突然病故，他的親信開始遭久光清算，吉之助當時也是受害者之一。缺乏武士愚忠的市來四郎有幸保住性命，並轉投久光旗下，只可惜新主子對西洋文化興趣缺缺。得知形勢大變，座喜味趁機上奏尚泰，揭發牧志爲博取薩州支持自己升任三司官，協助其採購軍艦。最終，牧志和恩河被貶爲庶人，流放八重山。

欲將精通外語和西洋事務的牧志據爲己有的薩摩，多次遣使琉球要求特赦，可是通通被尚泰駁回。

「難道那是薩人設計的騙局？」古森叼著煙管說。

「甚麼意思？」

「當年聞說牧志在押送八重山途中墜海，淹死了，不過沒找到屍首。」

古森用力吐出煙圈。

「想起來，宜野灣有份參與那場審訊。」

「無論如何，依大久保的說法，宜野灣有意背棄琉球。」

「你肯定？」

「即使我不幹，大久保也會吩咐櫻間先生去辦。」

「你打算何時動手？」

「已經跟大久保約好，後天晚上他會支開櫻間先生，我就在藩邸內……」

約定的日子轉眼就到，煙渚往炊事間裡催促，道：

「晚飯還未完成嗎？幾位親方等候多時了。」

「泉山，過來一下。」

辰央將她拉到一旁。

「我要去一趟外務省，大概早上才回來，你一個人可以嗎？」

煙渚暗忖大久保果然守信。

「你放心去吧。」

亥時，與浦添、與那原商討完國事，宜野灣就在煙渚的眼底下去就寢。待大部分人入睡，煙渚便躡足潛蹤，來到目標的臥室。

門縫一開，黑影慢慢攀到香夢沉酣的宜野灣身上。

煙渚深呼吸一口，繼而轉動手腕，垂直刀尖，壓上全身力氣跪下——

（不對！）

既無腥味湧出，感覺也不踏實。

煙渚掀開棉被，底下的確不是人，只是一卷白被。頭顱不過由戊辰戰爭中，長州藩長官所戴的「白熊[83]」裝成。

「泉……山？」

背後的聲音熟悉得令煙渚頭皮發麻，與之相顧失色的辰央實在無法相信，前日大久保所說的刺客就是……

「請問你突然召我回來，有何要事？」

大久保讓煙渚送他回到箱根別宅，又立刻喚辰央過來。

「那個琉官想跟俺們合作，但這兩天發覺藩邸附近有黑黨刺客出沒。俺想汝引出那些人，一網打盡。」

83 用染色牛毛造成的頭盔，薩摩藩的為「黑熊」，土佐藩的為「赤熊」。

「明白，我去安排一下。」

「不用了。」

大久保就猜到辰央將如何部署。

「這件事，汝一個知道就好。」

眼見重野牽著宜野灣穿過中庭，煙渚迅即反應過來。

（回不去了！）

利刃一反，直指辰央。

「讓開！」

辰央搖頭，煙渚咬一咬脣，橫刀撲上。

鐺！

辰央拔刀揮擋，再摺足上前，煙渚被他的刀柄戳得退開兩步。

「泉山，爲甚麼……？」

「這是我族私怨，請你讓開！」

煙渚往後一踏，側身收起右肩，刀面朝天，劍鋒左傾。對辰央而言，這是既眼熟又忌恨的架勢。

「別追……好嗎？」

「……對不起……」

辰央聞言，躊躇地退了兩步，橫鋒抬至眉間，雙眸流連半晌，方發狠舉刀向天。

「這樣就對了……」煙渚苦笑一下。

嗒的一聲，刀鋒直刺過來。辰央後背靠右一閃，白刃驟如雷落。

「呀——」

嘶喊響徹夜空。

古森跑到藩邸，見門番都沒有，心知不妙，卻沒料到落得如斯收場。他愕視著地上那條纏住黑布的斷臂，問：

「怎……怎麼回事？」

「不能留她在這裡……請你處理一下……」

辰央垂首走過古森身邊說。

七章・窮鳥亂飛

宜野灣和浦添在御書院等上半個時辰，尚泰終於來了，二人一同施禮。

「兩位愛卿，辛苦了，與大和談得如何？」

「臣等明確傳達了陛下的意願，得到的回覆尚算正面。」

浦添呈上副島發出的達書[84]，尚泰急忙展開。

「之前，岩倉右大臣的使節團訪問歐洲，要求與泰西修訂不公平條款。副島外務卿解釋，大和要求我國交出三國條約，是怕當中有嚴重損害我國利益的內容，想讓使節團審查。」

「這樣啊……」尚泰耳目並用，且念念有詞，「達書上的意思是，我國可暫照條約處理三國船隻，但是要在外務省出張所官員參與下進行……」

「陛下，大和顯然讓步了。副島外務卿與臣等會面，表明兩國國體、政體永不相替，所以請陛下毋庸掛慮。」

然宜野灣的勸說未能使尚泰的眉頭放鬆。

「宜野灣親方，」步出了南殿，浦添忍不住開口，「何以不提被行刺一事？」

宜野灣緩緩回首，說：

「陛下方才的神情，相信你也看到吧？我可不想令陛下倍添憂惱。」

---

84 政府發出的通知書。

眼前紅白相間的御庭上，忽然刮起一陣風。

而在大和，與那原剛踏進外務省大門，就望見一個眼熟的背影。

「櫻間大人？」

庭院的梅花差不多全開了。

「與那原親方，慶賀之事不是早已結束嗎？」

「沒錯，但政府任命我出仕編輯課[85]和擔任藩邸詰[86]……」

辰央從與那原身上嗅到相同的氣息。

「還好，辦妥琉球出張所的事，我便可以回去。」

今年開始，琉球按明治政府之令，將生產的黑糖運送到大阪，以賺取的利潤抵償貢米，爲此開設了在日出張所。

「櫻間大人，我在外務省這幾個月，聽說你回京都了。」

「……」

辰央憶起那夜拉開隔扇，看見身穿白無垢的綾子端坐在昏黃的屋內，被褥也妥貼地躺著。

對，他倆是完成「三三九度」的夫妻了。

辰央本應摘下綾子頭上的綿帽子，抱憾的是，屋裡滿載與另一個人的回憶。

他脫掉紋付羽織，換上平日那件素色的，提起刀架上的「波平行安」，走到門前，說：

「明天早上，我先回東京。大久保大人送的那套房子已準備好，你到了可以直接搬進去，我……會到外

85 整理、編纂外交紀錄的外務省專屬部門。

86 同留守居。

面租屋。」

緊闔的隔扇震落幾點紅淚。

久別的京都似乎沒甚變化，鴨川依然流水沄沄，大橋仍舊寒風呼呼。只是回望三條通，小橋前既不見少年的蹤影，池田屋也多次易主。

好一個物是人非。

辰央著實不願提起此事。

「是啊……大久保大人讓我休息一段時間。」

「也對……」與那原乾笑一下，又鞠躬說，「爲你帶來這麼大的麻煩，眞的很抱歉！」

的確，要是沒有那件事，辰央的人生不會被打亂。當然，歸根究底，是他自己種的果。

「保護你們是在下的職責，親方毋須道歉。」

「如果慶賀年頭時我能看出她是琉球人……」

「她來了我國這麼久，西鄉大人倘若沒在大島見過她，大概也看不出來。」

辰央至今尚不大相信煙渚的身分，畢竟十載感情難以一下子抹掉。

「櫻間大人，你眞的把她——」

「親方！」

辰央喊停了與那原。

「都過去了……」他不由自主地低下頭去，「我只是來收拾東西，明天會調職到警視廳。」

去年九月，獲吉之助推薦出使歐洲的川路利良回國，向政府提交了警察制度改革建議書。本年初，司法省警保寮劃歸內務省管理，由大久保統一指揮。東京警視本署亦同時設立，置於前津山藩藩邸，由川路出任警視長。

「請閣下保重。」

辰央折腰拜別，邁開腳步。

「櫻間大人！」

背後又響起與那原乾澀的聲音。

「政府將出兵臺灣番地之事，是否屬實？」

辰央一時反應不來，兩手如在撈菱。

大久保當日反對吉之助出兵，今日卻對臺發動征討；這樣，吉之助、副島和牛次郎的請辭意義何在？

「大久保大人，你眞的要出兵臺灣嗎？」

聽完與那原的話，辰央直闖入內務省。大久保屏退左右，沉著諦視他，反問：

「是又怎樣？爲我國藩民討回公道，有何不妥？」

「……」

辰央發現自己根本無力達到吉之助的期望。

「辰央，俺要回鹿兒島了。」

那件事之後，辰央來到吉之助的長屋。

使歐歸國的岩倉和大久保，利用天皇推倒三條早前的決議，百般阻撓吉之助出使朝鮮，終令他憤然離場。

吉之助的辭呈一出，二十多名大大小小的官員亦緊接總辭。

「辰央，副島大人和俺也辭職了，汝有何打算？」牛次郎接著問。

「我……將回京都一段時間。」

「爲甚麼？」

「半次郎！」
吉之助早注意到辰央兩眼放空，只是半次郎心裡惟有征韓風波。
「辰央，汝有話想對俺說嗎？」
儘管塞滿香料，盒子一開，腐臭的氣味仍迅速瀰漫全屋。
「這、這是誰的手？」半次郎用力掩住口鼻。
布滿紫紅色斑紋的斷肢上，殘留著模糊且陌生的圖案。
「這是……煙渚的……？」
辰央愕視吉之助，倒過來問：
「你怎麼知道？」
吉之助當然熟悉這種花紋，因爲他那位只在大島獲得承認的妻子愛加那的雙手也有。奄美女子成年（十二、十三歲）時會先在右手文身，以表自身貞潔；出嫁後則於左手文身，表示順從丈夫。
聽完解釋，辰央也用剩餘的氣力描述那場「意外」的始末。
「辰央，抱歉，」吉之助猜到八成是大久保的計謀。「是俺沒有說服煙渚。」
「西鄉大人，你早就知道泉山……？」
吉之助點首。
「一藏知道了嗎？」
昨晚，大久保冷漠地瞄一眼桌上浴血的前臂，然後盯住辰央，問：
「泉山的？」
「是……」辰央卻無法正視他。
「汝殺的？」

「是……」

「屍體呢？」

「交給古森先生處理了。」

大久保暗喜自己錯有錯著，揪出個琉球密探。當初，他不過認爲煙渚左右辰央的心緒，才想到要斬草除根。

「辰央，反正那幾個琉球藩官差不多要走，汝就回京都休息一下，順道辦理婚事吧。可別讓綾子白白等下去了。」

辰央撐起沉重無光的眼眸。

「大久保大人，我——」

「莫非汝有放不下的事情？」

辰央大抵永遠忘不了大久保那副鎮懾的目光。

「別說笑了！」火苗在半次郎心裡重燃。「辰央，別聽彼的！」

「不行……」

「爲甚麼啊？」

辰央下意識抓緊拳頭。

「大久保大人根本不相信我的話……」

「可惡！」半次郎一拳揮落榻榻米上，「彼要把所有人都逼上絕路嗎？」他確實後悔與岩倉爭論當日沒有一刀刺上去。

「西鄉大人，請容我隨你回去。」

辰央俯首懇求。

「辰央，抱歉。」吉之助的眉目蹙成一團。「俺明白一藏對汝做了過份的事，但將汝從薩摩帶到京都的畢竟是彼，所以，請汝留在彼身邊。」

如同聞得吉之助的答覆時一樣，辰央的腦袋此刻在大久保面前沉重得抬不起來。

「大久保大人，請你……請你讓我回到你身邊。」

「辰央，」大久保伸手捏住他的肩膀，「最近士族叛亂增多，汝只要好好輔助川路便行，別的事不用管。」

明治七年四月，日本政府正式出兵臺灣，牡丹社二十多人（包括社頭人父子）被殺。事後，大久保前往北京與李鴻章交涉，並在英國駐清公使威妥瑪的調解下，贏得「保民義舉」之名及清政府支付的五十萬兩撫恤銀。

大久保決心乘勝追擊，向三條提出處置琉球的新建議。

「安仁先生，午安。」

佇候在儀保村龜川邸外的煙渚，特別是她那半飄蕩的袖子，刺得安仁內心發痛。

「流很多汗呢……」

安仁撩起衣袖，擦一下煙渚的額角。

「人到齊了嗎？」

「還未，這邊請。」

龜川雖然卸任三司官，但作爲地頭代[87]，他的房子還是充滿氣派。主屋由三個房間和一個台所組成，每

87 間切領主。

間屋都有裡室。煙渚領著安仁，踏進旁邊供客人住宿的小房子，即是她現在寄居的地方。

不久之後，兩個身材健碩的中年男人一同到來。

龜川指著二人，問：

「你還記得他倆嗎？」

煙渚的視線在兩張臉上來回遊走。

「抱歉，我……」

「不記得也很正常，當年你才幾歲。」看似年長一點的男人乾笑著說。

兩度轉折，幾乎抹去煙渚最初的記憶。

「煙渚，你的命，是兩位湖城先生救回來的。」

「龜川親方，這說法並不正確……」另一個男人語氣黯然的道。

「結果就是這樣。」

印象漸漸浮現，與萬武佐一起之前，自己似乎在別的地方生活過。

「請問兩位是甚麼人？」

「在下湖城大禎，這是家弟以正。」

年長男人似乎就等煙渚這一句話。

「二十多年前，我倆隨家父赴清，拜當時的禁軍教頭爲師，以正後來更當上副教頭。有一次，以正無意中聽到禁軍接獲肅清叛黨的任務，於是前去阻止。」

能讓琉球人不顧恩澤，與清廷對抗，事件背後定必有莫大理由。

「可惜我們晚了一步，只發現了你……」

事隔多年，愧色仍未從兄弟倆臉上消退。

「你的意思是……我原本是清國人？」煙渚的嗓音顯得有點枯澀。

以正搖一搖頭。

「正確來說，你是明人後裔。」他繼續補充，「我湖城家出自三十六姓的蔡氏一族，自明朝與你程氏一族爲世交。你家雖在入清後隱退，卻不知何故被傳爲反清亂黨，惹來滅門之禍。」

「那麼……爲何不把我送到久米村？」

「私藏明朝遺孤，對附庸清國的琉球來說乃大不敬之罪，」龜川答道，「所以只好安排你住在大島這個灰色地帶。」

以正將一雙細小的紅底金鳳凰繡花鞋放到煙渚跟前。

「這是你的東西。」

伸手可及的距離，此刻恍若隔著萬水千山。

「這東西已經不需要了。」

眾人聽見煙渚的回答，暗自難過起來。

「龜川親方，」煙渚使勁昂首，「請你盡快向陛下上奏宜野灣親方的事！」

「不行。」

「爲、爲甚麼？」

「第一，老夫已非朝臣；第二，罪證尚未確鑿。」

安仁引手抓住煙渚微抖的肩膀，問龜川：

「聽說池城親方正前往大和，是嗎？」

「沒錯，與那原親方和幸地親雲上亦被大和指名上京了。」

同治十三年（明治八年），耳目官[88]國頭親雲上盛乘（毛精長）和正議大夫[89]玉那覇親雲上（蔡呈祚）在清國朝貢途中，突聞同治帝賓天。使節團抵清後不但參與發喪，更祝賀光緒帝登極，並將紅白兩詔恭捧回琉。

傳言一流入大久保耳中，他便迫不及待召見琉方重臣。

「目的是甚麼？」安仁追問。

「不清楚……」龜川想著就焦躁起來，逕自呢喃，「祈禱、祈禱，這樣就能保家衛國嗎？」

自從接獲大和的召喚，上至國廟，下至平民百姓家，每日都爲池城三人（也爲國運）祈願。對於一個宗教色彩濃厚的國家來說，危難之際求助於神明亦無可厚非。然而，如龜川所言，單憑禱告便可得到救贖嗎？

附近寺院的鐘聲似乎又乘著風吹進屋裡。

「這幾天有勞諸位了。」

面帶笑容的大久保難掩骨子裡高高在上的氣焰。

「相信汝等對我國建設的認識增進了不少，未知有何意見？」

雖說今趟上京乃急召，三司官池城親方安規（毛有斐）和鎖之側幸地親雲上朝常（向德宏）一抵埗，就連同與那原接續多日被領到不同機關（包括陸軍省練兵所、海軍省橫須賀造船所、文部省諸學校、工部省製作寮和工學寮、開拓使官園等）參觀，全然猜不透此行目的，讓他們身心俱疲。

其實，這是大久保的策略。

在寫給三條有關接待琉官的提議中，大久保曾表示想以「智識開明」利誘這個僻在海隅的小國。

88　即鎖之側，屬正三品，作為進貢使團正使時稱為「耳目官」，由首里士族擔任。

89　由久米村士族擔任，奉命為正使入貢，時敕命為大夫。

「著實令人大開眼界……」

池城幾年前出使過薩州，但東京當前的進化程度，已遠遠超越那個一度被認爲最先進的藩國。

大久保露出自豪的神情，說：

「這些設施，諸位大概不可能在清國看到吧？」琉方三人的毛髮同時豎起。「要是琉球藩擁有質量優越的船隻，就不會發生臺灣生番一事。」

無可否認，琉球持有的船隻中，最體面的朝貢船也不過是木製的。

「有見及此，三條殿下批准賜予琉球藩一艘蒸汽船。」

「這、這太厚禮——」

「除此之外，」大久保高聲蓋過池城的話，「爲有效保護琉球藩民，我政府決定在那霸設置鎮臺分營。」

這年歲末，陸軍卿山縣有朋向三條實美提議，在首里王府北緯二十六度十二分二十七秒（即距離約一里外）建設兵營。

「我政府與外國交涉，素來依據萬國公法。出兵番地雖得到清政府承認，但琉球藩始終置於兩屬狀態，日後若發生同類事件，將爲我國帶來困擾。惟一解決辦法，就是藩王盡早切斷與清國的關係，全面接受我國保護。」

池城三人頓時喘不過氣來。

「無、無理……」與那原勉強張口。

「甚麼？」大久保厲色一瞪。

「琉、琉球自明朝附庸天朝，時間比薩州更長，關係怎能說斷就斷？況且，副島大人前年承諾，日本與琉球國體、政體永久不相替。」

「一個下野官僚的個人言論不能代表我政府！」

「……」儘管荒謬至極，但與那原再撐不下去了。

「既然三位拿不定主意，就請藩王入朝定奪！」

「大和人帶夷人闖入王府了！」

根據大藏省於明治二十二年四月出版的《工部省沿革報告》，協助吉之助等人倒幕的英國公使巴夏禮，曾乘坐燈臺寮視察船「亭志保」到西南海岸巡查。只是，該報告並未提及「亭志保」駛回鹿兒島途中，嘗停泊琉球那霸港。

「河原田大人，自古以來未有夷人進入王府，若此番放行，豈不有損我國威儀？」

浦添與眾官聞風，趨步來到朱紅色的奉神門前，截住到出張所赴任不久的內務省中錄[90]河原田盛美。

「浦添親方，巴夏禮公使不過仰慕王府建築，欲瞻仰一番，諸位毋庸緊張。」

河原田乃宮澤（前會津藩領地）名主河原田彌七盛一之子，從小學文習武，然不知何故，文久元年讀過宮崎安貞的《農業全書》，便立志務農。戊辰戰爭前一年，河原田仍埋首改良養蠶之法。踏入明治，他先後出仕若松縣生產局和大藏省租稅寮，隨後轉職至內務省。

河原田這回赴琉，本爲研究琉球物產，突然要與當地官吏交涉能力範圍以外的事，委實不大情願；但是，目的必須達到。

「王府正在修葺，不便接待來客。請閣下轉告公使，相信他會明白。」

90　十等判任官，位居權大錄之下、權中錄之上。

「修葺之處可是西殿[91]？」

「這……又不是……」

正如尚泰之孫——尙球在著作《廢藩當時之人物》所評，浦添是個謹厚君子。

「那麼，僅讓公使參觀西殿，行了吧？」

「問題不在於此，西殿乃接待天使[92]之處——」

「宜灣親方！」河原田充耳不聞，只管朝人群後大喊，「見到你實在太好了！」

本年，尙球之父尙寅獲封爲「宜野灣王子」，向有恆因避諱改稱「宜灣親方」。當下的他對河原田來說，有如觀音下凡。

「宜灣親方，河原田大人要帶英國公使進入西殿……」

宜灣看向焦急的浦添，說：

「知道了，我現在去拜會公使。」

「……拜託了。」

浦添之所以信任宜灣，一半原因是他曉諳中、日、英三語。

「福崎閣下正陪伴公使……」河原田邊解說邊領宜灣走。

「浦添親方，福崎是誰？」

眾官之中有湖城以正。

「他是前薩摩藩士，當過琉球在番奉行，是宜灣親方的舊交。」

91　北殿的俗稱，又名議政殿。成化年間由尚真王創建，與南殿相對，為接待中國使節之所。

92　天朝（清國）敕使。

「薩摩人啊……」

以正的喃喃自語預示了交涉的結果。

「做得好，之後交給川路。」

大久保閱畢案上幾個文件檔，滿意地簽好字，再把桌邊幾份報紙推到辰央面前。

「接下來處理這些。」

吉之助下臺後，反對大久保政權的聲浪愈益高漲，但只要稍微抨擊新政府的記者，都被大久保以誹謗罪逮捕。

「辰央？」

大久保沿著辰央僵直的視線望去，停在桌面錦匣裡的一枚勛章上。銅製的五芒星承舉著島津氏的轡十字家紋，五個凹處分別附有「薩摩琉球國」幾個字。

「辰央，怎麼了？」

辰央猛醒過來，忙不迭地拿起新聞紙。

「對不起，我這就去辦。」

走出辦公室時，辰央剛好與內務大丞松田道之對上。

「琉球藩堅稱藩王得了寒病，無法上京。」

松田坐下來，率先報告此事。

「沒關係，俺已派人去『探望』。」大久保又顯露詭異的笑臉，「三條殿下的御達書批了，汝準備去琉球吧！至於隨行名單，議定後再通知汝。」

「那個……」松田想起剛才的情景，「櫻間君不是接待過琉球藩吏嗎？今趟不如讓他隨行——」

「不行！」大久保斬釘截鐵地喊道，「彼、彼得幫川路處理公務……」

松田猜不著大久保的反應，只見他扶額眙著桌上那枚「薩摩琉球國」勛章，表情有點扭曲。

（辰央，汝到底怎樣才會死心？）

巴夏禮一行離去後，宜灣遭一眾琉官圍堵在西殿。

「宜灣親方，你怎能放行夷人進入王府？」

「此乃接待天使之處，豈能容許大和人與夷人進來！」

宜灣不慌不忙地站起來，應道：

「我國雖附庸清朝，但也是大和藩國。此事既得大久保內務卿批准，不好推卻。」

「看怕並非不好推卻，而是有人存心襄助。」

曾跟宜灣出使大和的喜屋武親雲上挺身而出。

「宜灣親方，」浦添終於揚聲，「大和多番要求陛下上京不得，繼而強行帶夷人進入西殿，而非南殿，相信你明白箇中用意吧？」

「浦添親方會否想多了？」

宜灣不帶感情地瞅住對方。

「吾認爲此事必須上奏陛下。」

浦添平穩的聲音迴盪整個偏殿。

龜川瞟了安仁手裡的藤籃一眼，說：

「又來送藥？」接著挪開叼著的煙管，「煙渚不在，以正一早帶她走了。」

「去哪裡？」

「安仁，你是否過度保護她了？」

「有嗎？」安仁迴避龜川的目光，「我把東西放到她房裡。」

「你根本毋須自責。」

毋須自責？眞的可以嗎？安仁打從心底不這麼認爲。

那件事後的某一天，安仁提著雞蛋和野菜回到長屋，正午的陽光照亮門框上其中一個木札，上面寫著「仲山仁／泉」。

「仲山先生，尊夫人身體如何？」

是長屋的房東太太。

「好多了，謝謝關心。」安仁撐起笑容回道。

煙渚右臂的傷確實癒合得七七八八，但是……

鏘鋃！

「抱歉，我先回去！」

安仁跑進屋裡，見煙渚兩肩瑟縮的跪著，萬武佐所贈的長刀就在跟前。

「你在幹甚麼？」

他無意間焦躁起來。

「傷口都裂開了！」

安仁把煙渚扶到牆邊，再熟練地料理傷口。

「你拿刀想幹甚麼？」

「沒甚麼……」

煙渚茫茫地望著後院幾朵野白菊。

「安仁先生，下次拜祭……帶上我，好嗎？」

那件夏季羽織送到京都沒多久，阿桂便撒手人寰。安仁將她和敬齋的骨灰安放到附近的一所佛寺。今早掃墓完畢，安仁途經鍵直屋，看見門外貼了張休業啓事，向旁邊的八百屋[93]探問，知道某位女侍要跟曾經在此寄住的薩摩武士成親。

「安仁先生……？」

安仁回過神來，一把摟住煙渚。

「一起回琉球吧。」

天曉，以正即帶著煙渚策馬，全速朝那霸進發。

「你在大和沒騎過馬嗎？」

以正這樣一問，煙渚的左臂稍爲鬆開了點。

「我沒有別的意思，你還是抓緊好了。」

其實，煙渚曾經陪吉之助到嵯峨打獵，並與辰央同坐一騎；她還因爲不好意思抱住辰央，而將他的衣服捏得皺巴巴。後來，辰央說不希望煙渚被取笑爲不會騎馬的武士，而花了好些功夫傳授她騎術。

「我會的，只是……」

咔嚓、咔嚓！

枯葉逐片從前院的琉球松上落下。

「你要來斬草除根嗎？」

宜灣身後的腳步霎時止住。

「能找到這裡，你還眞行。」他繼續悠然動刀，「看來你的意志蠻強，怪不得能在大和熬這麼多年。」

93 專門售賣蔬菜和水果的店鋪。

咔嚓！

「聽說你辭任了，所以來看看。」煙渚說。

夷人硬闖王府之事一傳出，琉球百姓皆視宜灣爲賣國賊，紛紛跑到他的宅邸鬧事。爲免禍及家人，宜灣惟有隱居別宅。

「今歸仁殿下口中的探子就是你吧？」宜灣扭頭問。

不久前，接任宜灣之位的富川親方盛奎（毛鳳來）召煙渚到番所[94]，且吩咐她，說：

「陛下讓今歸仁殿下代理審訊，你就好好稟報宜灣親方在大和的行動吧。」

宜灣將眼光投回松葉上。

「我聽聞你跟謝名親方關係不淺。」

「我是親方後人的徒弟。」

「果然盡得眞傳，連思想也……」

「這有何不妥？」煙渚有點惱火，「你不是琉球子民嗎？爲何背信棄義，串通大和人？」

「經歷過戊辰一役的你，不是應該比我更清楚嗎？」

「……」

咔嚓！

「要維護德川一家的名譽，還是爲大和人民整體利益著想，這才是該考慮的重點。」

宜灣凝視手裡兩針一束的松葉，又道：

「琉球無一兵一卒，遇上夷人干犯，根本無力自保，依附國勢一新的大和，有何不妥？」

---

94 位於南殿旁邊，辦理登城手續的地方。

「大和不是在保護，而是要吞併琉球！」

「只要表示恭順，琉球仍能保住全體，尙氏王族尙可留名，總比讓夷人分割得支離破碎好。」

「嘿……」煙渚苦笑一下，「會津都沒了，琉球若落入大和手中，眞的能保全嗎？」

「確實存在過的，無論何種方法也洗刷不去。」

白黨的理念最終沒能得到琉球百姓的諒解。

尙泰二十九年（明治九年）八月六日，宜灣親方朝保（向有恆）含恨而終。

明治八年七月十日午後三時，日本賜予琉球的蒸氣船「大有號」終於駛入那霸港，池城、與那原和幸地亦隨行歸國。

由於尙泰病重，攝政尙健與三司官決議，請尙弼爲代聽人，一同會見大和方。

欲速戰速決的松田，在十四日清早直奔首里王府南殿，同行者有六等出仕兼副官伊地知貞馨、八等出仕兼書記官中田鷗隣、權大錄兼書記官種子島時恕，以及中錄並出張所在勤河原田盛美。

松田將以三條實美之名發出的兩封命令書交予尙弼，加以口頭傳令，明治政府共提出九項條件：

一、禁止隔年向中國遣使朝貢或於清帝即位時派遣慶賀使；

二、禁止藩王接受清國冊封；

三、奉行明治年號，年中禮儀概當遵照布告行事；

四、為調查實施刑法定律，當派遣二三名承擔者進京；

五、實行藩制改革；
六、派遣少壯者十名到東京留學以助藩制改革；
七、廢止福州琉球館；
八、琉球藩王尚泰為日本政府出兵臺灣之事上京謝恩；
九、設置鎮臺分營。

「藩王尚泰應親自上京答覆以上條件。」[95]

這是松田的最後一句話。

「藩王久病臥牀，請允許本殿代爲上京。」

前日，幾位三司官到山口親雲上的宅邸與松田商討會見時間，已提出了此要求，然對方未有答應。如今，尚弼本人再度申請。

「諸位一直堅稱藩王抱恙，卻無憑證，在下實在難以向大久保內務卿交代。」

「松田大人，」富川呈上一紙，「池城親方在大和期間，一直由我跟進藩王病情，此乃御醫渡嘉敷親雲上通睦和譜久島親雲上全彬的診斷書，請閣下過目。」

參考兩位醫師的報告，尚泰素來心膽氣弱，靠服用天王補心丹、歸脾湯等調理，近來因大和的種種動作而思慮過度，變得抑鬱，更患了「噎膈之症」[96]。

---

95 參明治文化資料叢書刊行會編《明治文化資料叢書．第四卷外交篇》（東京：風間書房，一九七二）。

96 此症乃「憂鬱之氣結於胸臆，聚而成痰，膠固上焦，道路狹窄，不能転寬之所致也。」參喜舍場朝賢著《琉球見聞錄》。

總而言之，尚泰成了一隻驚弓之鳥，食不下嚥。

「藩王所患之症實非一時三刻能治癒，懇請大久保大人諒解。」富川深施一禮。

「這樣吧，反正風季將至，上京之事毋庸即時定奪。」

富川熟視松田，問：

「閣下的意思是……？」

「吾等將待風季過後回京，藩王屆時倘病癒，就必須同行。」

咚隆隆咚——

古森朝腳下一看，原來是堆酒瓶。他踩進屋內，又見辰央躺在中央。

「你休假時就只會喝酒嗎？」

「古森先生……嗎？」

辰央似乎醉得連眼都睜不開了。

「起來吧！」

古森皺著眉，弓腰收拾。

「對不起……」

辰央硬挺起身，右手扶額。

「警視廳有事嗎？」

「沒有，是川路大人讓我來看你。」

大久保本不願接收一直服從吉之助的古森，看在辰央的份上，才不情不願給了他一個巡查的職位。

古森撿起散開的新聞紙，發現是最近因彈劾政府而受處分的《東京曙新聞》、《東京日日新聞》、《朝野新聞》和《郵便報知新聞》。

「嘿……」辰央把臉埋在掌心裡，「怕我死了，沒人幫他逮捕記者嗎？」

古森猛地衝上去扯開辰央的手。

「你還想著泉山嗎？」

「……」

「不存在的人，不値得花時間去掛念。」

「別說笑了，是我砍斷她的手啊！」

「她從來就不是你心中那個泉山！你當時阻止她，不是爲了薩摩嗎？」

——請你謹守這番話，無論將來發生甚麼事，都要堅持信念。

辰央終於明白煙渚的意思。

「那麼……古森先生你爲何沒把她處理掉？」

古森坐到門邊，點起煙管。

「我不是武士，毋須爲主公賣命到這種損人不利己的地步。」

「她也不是武士啊……」辰央再撐住欲裂的腦袋，「但一直以來，她都按著心中的信念前進，即使傷害到自己……」

「這不就是傻瓜嗎？你倆一樣，無藥可救。」

煙團迅速升上半空。

「那個大和人日夜催逼，伊江殿下他們快熬不住了。」

以正特地來向龜川報告城中情況。

「大和仍不肯讓今歸仁殿下上京？」

「是……」大禎氣得咬牙切齒，「都待了近五十天，絲毫沒有退讓之意。」

寧願尚泰長病不起，還是被大和人強行帶走？這道難題確實考起琉球眾人。

「久米村正鬧得沸騰，龜川親方，你可有打算？」以正問。

「的確，最近士族的情況開始失控……」

龜川似乎也苦惱著，更呢喃起來：

「安仁怎麼還不回來？」

另一邊廂，那霸里主所[97]內，與大和的交涉仍然持續。

浦添代表琉方遞上決答書。

「松田大人，首里、那霸、久米四百士族一致表決，不會遵循貴政府的條件。」他迫不及待將書函內容概述給松田聽，「另外，藩王依舊聖體欠安，已下令今歸仁王子代爲上京，直接跟三條太政官和大久保內務卿會談。」

松田疊起決答書，說：

「我尚有時間等待藩王康復。」

「我怕大人沒有這個餘暇。」

富川直視松田，後者不明所以。

此時，河田原進門，走到松田身旁喋囁。浦添和池城看了看富川，又像有所覺悟的對視。

「親方，我回來了！」

---

97 又稱那霸里主公館，位於久米村，前身為仲村渠親雲上普梢（盛喜瀨）之宅。尚豐王十八年開始，遴選才知兼全者，實授那霸里主職。

一身旅裝的安仁遽爾出現在玄關，他摘下斗笠，坐到龜川面前。

「對不起，害你擔心了。」

「平安回來就好。」

安仁轉向以正，問：

「大人，城中可有異樣？」

「甚麼意思？」

「還未奏效嗎？」安仁不知在向誰發問似的。

「你這陣子到底幹甚麼去了？」大禎有點不安。

「我去了趟薩州。」

眾人聞言皆瞪目。

「龜川親方怕大和人再不撤離，士族會有所行動，給予對方發兵的藉口。因此，取得富川親方同意後，我就到薩州散布清國軍艦赴琉的消息。」

兵行險著，幸好明治政府暫時未有與清廷硬碰之意。

九月十一日午後一時，三司官池城和與那原、升任度支官的幸地親方朝常、度支官吟味役親泊親雲上盛英（翁逢源）、鎖之側喜屋武親雲上及日帳主取內間親雲上朝直（向嘉勳）一行，在尚泰的旨意與日方批准下，隨松田乘迎陽艦，由那霸出發到東京，直接向明治政府提出申訴。

然而，一登上鹿兒島，池城便臥牀了。

「松田大人，無法跟你上京，實在抱歉。」

「那也沒辦法……」松田著實感到困擾。「與那原親方和內間親雲上將先行進京，待你痊癒，我再派人來接送。」

「感激不盡。」

池城微微探腰，接著對與那原說：

「一切暫時拜託你了。我服過藥，會盡快趕上。」

與那原回了池城一個眼色。

汪、汪汪、汪汪——

池城在玄關喊了好一會兒，回應他的惟有旁邊小屋的幾隻獵犬，他於是繞道到後園。

「誰？」

一個上身赤裸、褲管高捲的男人，提著鋤頭在田圃裡問道。

「請問你家主人在嗎？」

男人穿上衣服，笑著將池城領進屋內，並奉上熱茶。

「謝謝。」

池城正要捧起茶杯之際，發覺男人沒有退下，反坐到對面。

「你……？」

「閣下不是要找俺嗎？」看著瞠目的陌生人，吉之助笑得更開了。

池城立馬施禮。

「非常抱歉！在下以爲……」聲量因羞愧而逐漸收細。

吉之助拍一拍大腿。

「不打緊，是俺的外表蒙蔽了汝。」

「眞的十分抱歉……」池城抬起漲紅的臉，「在下乃琉球三司官池城安規，特有一事請教先生。」

吉之助回復炯炯目光，問：

「親方何以找上俺？」

——請池城親方到了鹿兒島，務必前往武村一會西鄉吉之助大人。

池城不忘煙渚託以正轉告自己的話。

「龍鄉先生盛名響遍琉球，無人不知先生乃敬天愛人之士。慶應四年，江戶無血開城，亦全賴先生努力。如今琉球磨難當初，百姓處於水深火熱之中，懇盼先生指點。」

「池城親方，讓汝來的人可好？」

池城點一點頭。

「她一直掛心先生解甲後的生活。」

「受志士感染得還眞徹底……」吉之助糾結一笑，「親方，琉球之事乃大勢所趨，可說難求轉彎餘地。」

「這……」

「但並非沒有作爲。」

「請、請先生賜教！」

池城凝神引頸。

「如今最重要的，是拖延談判……」

聽過吉之助的偉論，池城欣喜若狂地與夥伴乘船直駛向橫濱。

燭臺的火光遊到御書院鎖之間外。

以正偏身讓出空檔，低聲對煙渚說：

「安仁讓我轉告你，不要逞強。」

「甚麼意思？」

「你待會就知道……」以正面有難色。「進去吧，別讓各位大人久等。」

煙渚呼一口氣，道：

「富川親方，我是煙渚。」

「進來。」

腰付障子一開，內裡果然還有好幾個人。除了富川，惟一熟悉的面孔只有其身旁的浦添。

透過衣飾可知，在座的非親方便是親雲上。

「煙渚，好久不見了。」

浦添率先開口。

「上回驚動親方，真的萬分抱歉！」

「我沒責怪你的意思，抬起頭來。」浦添改而望向對面的男人，「謝名後人的徒弟盡得真傳，大可放心委任她。」

煙渚帶著滿腹疑問注視兩人。

「這位是紫巾官[98]幸地親方朝常。」

富川的介紹教煙渚愣了愣。

「看你的反應，大概知道現況不尋常。」

「是……」

「向大和申訴之事不甚順利，我受池城親方內命先行回來，另謀對策。」幸地的神色和聲線都難掩恐憂。

「請問池城親方可有到武村？」

---

[98] 進貢使節團正使之職稱，屬從二品，由首里人擔任。

「去是去過，但此事大概被大久保知道了，他拒絕再與我方對話。」

「大久保……」煙渚握起拳頭。

「大和嚴加管制我國權力，已經到了令人無法容忍的地步。」

數月前，內務省突然下令，琉球藩廳的裁判權和警察權收歸出張所所有，並派內務少丞木梨精一郎兼任出張所判事。松田為壓制藩廳的不滿，向政府申請增派警部巡查和鎮臺分遣隊到琉球。

「木梨最近阻止我國派接貢船赴清，福建布政使發文追問此事，但海道都被大和人封鎖了，我方信使難以出國。陛下密令我與在座諸位親赴清國解釋，並稟報大和惡行。」

幸地終於說明召見的原委。

「煙渚，我見識過你的實力，所以希望由你護送幸地親方。」浦添一直難忘煙渚在大和的英姿。

「但是我……」煙渚抓住剩下的半條右臂。

「難道你對以正的特訓沒信心？」

為改以左手握刀，煙渚回到琉球後的確下了一番苦功。

「你若答應，我也放心前往東京支援池城親方。」儘管對行刺宜灣之事有微言，富川還是信賴煙渚對琉球的忠誠。

煙渚伸出左手，指尖貼地，堅決答道：

「能得兩位親方如此信任，鄙人萬死不辭！」

「說得好！死有輕於鴻毛，重於泰山，讓吾等放手一搏，以報皇恩。」

曾赴國子監學習，後任世子講解的名城里之子[99]親雲上春傍（林世功）不禁附和。

99 久米村通事家系統之一，通事為進貢使節團的翻譯人員。

「幸地親方，請問……西鄉大人現況如何？」煙渚知道這是個不當的問題。

「鹿兒島在西鄉領導下增設了很多私學校，明治政府特別關注那邊的情況。」

「私學校？爲甚麼……？」

吉之助從沒想過與政府對抗，他開辦私學校的目的，是爲了作育英才，以供國家日後之需。可惜，當時血氣方剛的年輕人沒明白他的用心。

啪嗒！啪嗒！

皮鞭接二連三打落倒吊在私學校倉庫的男人身上。

「快說！還有多少同黨？」

男人早就遍體鱗傷，連喊一聲的力氣都沒有。

「讓開！」

持鞭子的學生後退兩步，水便嘩啦的從另一名同學手中潑向男人。

「呀……啊……」

傷口被沖刷的痛楚喚起男人嘶啞的呻吟。

「中原，川路派汝等來，到底有何目的？」貌似領頭的人問。

「……」

「俺們本是同鄉……把那盆水拿過來！」

微風吹進倉庫，勾起大海的味道。被喚作「中原」的男人像是意識到甚麼，拚命撐開一隻眼。

「中原，快把知道的統統說出來！」

啪嗒！

「呀——」

鹽巴滲入淌血的裂口，讓原來奄奄一息的中原渾身抽搐，發出撕心裂肺的哀鳴。

「……呀嗄……呀……」

好一會兒，倉庫才回復平靜。

正當皮鞭再度揚起，中原張開了口。

「西嗄……鄉……」

領頭人舉手制止，且將耳朵湊到中原嘴邊，問：

「大先生怎麼了？」

「……殺……」

「呀！」

煙渚聞聲反顧，見幸地滑倒在地。

「親方，你沒事吧？」

夜幕一垂，密使團便北上趕赴福州。他們在名護間切分成三隊，前往運天港登船。縱然提著燈籠，四周濃霧彌漫，路上碎石又多，眾人跌跌撞撞才摸了一半路。

「是誰？」

背後乍然傳來吆喝，話中更附有薩州口音。

腳步逼近，名城和與伊計親雲上（蔡大鼎）匆匆扶起幸地，屏氣斂息。兩個巡查高舉提燈，鑒定數人容貌。

「何許人士？要去哪裡？」

與伊計先鞠個躬，後指著旁邊的幸地，回道：

「此乃幸地親方，受藩王之命前往伊平屋島爲國祈願。」

「祈願？」其中一個巡查掃視周圍，「為何沒有巫女同行？」

「巫女……已先行一步。」

那個巡查與同夥咕囁幾句，再說：

「天色未明，路途崎嶇，請汝等先到出張所……」

噌！

話音未落，煙渚的長刀便應聲出鞘，由右斜揮上去。巡查的半邊腦殼驟然飛脫，身體仰後直倒。

「快走！」

幸地等人腳步一移，另一個巡查立刻舉刀撲上。煙渚靠右閃身，瞬即收肩，踏步刺前，刀尖穿過脖子而出。

「那邊！那邊！」

打鬥聲惹來更多警備，數人只得拔足飛奔運天港。

「可惡！」

大久保一掌擊落辦公桌上，嚇得川路連門都忘了敲。

「大久保……大人？」

大久保抬起怨憤的眼睛，低吼一聲：

「怎麼了？」

川路意識到時機不對，但此事必須上報。

「派到鹿兒島的細作被抓了，私學校的學生聞得暗殺計畫，群起搶劫軍火庫，西鄉大人也決心舉兵。」

事已至此，吉之助決意以一人之身背負所有罪名。

「嘿，正中下懷……」大久保露出獰笑，「川路，準備征討叛軍！」

「是……」

「另外，叫辰央來見俺。」

「是否讓彼隨軍？」

「不，彼另有任務。」大久保緊捏著信紙說。

「大和還是……不肯接見……我方？」

幸地歸國後，池城夜以繼日走訪明治政府要人，無奈吃盡閉門羹，終不支病倒。

「申訴的事交給我和富川辦好了，你就安心養病。」

與那原輕輕將池城的手放回被窩中。和煦的春季裡，體溫竟如此冰涼，著實教人心寒。

「幸地親方……安全抵……抵埗嗎？」池城直直瞪著天井問。

「有煙渚護送，絕對沒問題。」

坐在門邊的安仁聽到富川的回應，倒懸起心來。

幸地一行乘坐的船駛到伊江島便遇上颱風，險些觸礁。他們在海上漂流了一段日子才到達福州，藏身到俗稱「琉球館」的柔遠驛。

「煙渚，可以進來嗎？」

名城捧著尙在噴雲的藥碗來到屋外。

「請。」

門一敞開，名城嚇見煙渚在鏡前整裝，遂急忙擱下湯藥。

「你要去哪裡？」

「到外面……」

胸口忽然一緊，煙渚彎下腰去。

「啊——咳、咳咳！」

「沒事吧？」

名城趕快扶她到牀邊。

「反正現在只能等，你先養好身子吧！」

「情況如何？」煙渚半掩著嘴問。

「幸地親方已將陛下的密書呈交閩浙總督何璟大人，如今就等何大人上報朝廷，希望盡快有答覆。」

「這豈不是坐以待斃……？」

名城心裡明白，可除了寄望父國[100]救助，還能怎樣？

「來，先服藥。」

「謝謝，但是……」

煙渚遲疑地看著藥碗。

「似乎沒效呢……」名城替她說出事實。

煙渚從襟前抽出介庵給她的方子，交予名城。

「請你幫我搜集這些藥材。」

「我這就去，你且休息一會。」

煙渚躺下來，仰視高舉的銀簪。

[100] 琉球視中國為「父國」，日本為「母國」。

若不動，花水永隔幽暗中。

紙上辭句早被淚水侵蝕得不成形，煙渚索性請人把總司的話刻在簪柱，隨身而行。

（沖田先生，我能盡力的事也不多了……）

辰央猛然回首，兩眼拚命在陌生的人海裡游動，並想起那天被大久保召到辦公室的情況。

「辰央，汝即刻到福州揪出那班琉奴，絕不能讓彼輩接觸清政府。」

「那些都是文官，用不著我……」

「報告說，當中有個斷臂的劍客……」

大久保故意提高的語調掀起辰央胸中洪濤。

「櫻間大人，有何不妥？」

辰央回過神來，望向身邊兩個受大久保之命前來接應的駐清薩摩人。

「沒有，我在想，那些人要是變了裝，應該不好認吧？」

「沒錯，而且有部分琉球人本來就是這個國家的人。」

「所以才對清國懷有特別的感情……？」

兩人不懂如何應對辰央的細語。

「請替我抓把藥。」

名城喬裝車夫，頭頂竹笠，來到附近的藥材鋪。聽見一口純正的北京腔，掌櫃毫不猶豫地轉身，在百子櫃前時而舉手、時而拂身。

「吶，聽見沒有？」

同樣在等待抓藥的人喚起了名城的注意。

「從長崎回來的人說，日本的西鄉戰死了。」

「甚麼？他不是重臣嗎？」

「早就垮臺了！當年以官軍身分起義，如今反被視作逆賊，眞是風水輪流轉啊！」

「是誰看他不順眼？」

「哈，我想你猜也猜不到！有傳下令討伐的，是他的同鄉大久保……」

噗。

一聲悶響，吉之助跪倒在地。

明治十年九月二十四日，凌晨三時五十五分，佈陣龍尾町淨光明寺的政府軍，在中將山縣有朋指揮下，向死守城山的西鄉軍發動總攻擊。毋庸一個多小時，西鄉軍的防禦要塞已遭擊破，原來三百多人的陣勢，如今只剩四十。

「先生！」

半次郎和別府晉介、村田新八、桂久武一擁而上。

吉之助的臀部兩側淌著血，從傷口看來，子彈應由右至左穿過，他的下半身頓時失去知覺。

「先生，請支持住！」

「俺們帶汝回岩崎口醫治。」

半次郎和別府鑽到吉之助腋下，用盡渾身力氣扛起他。

「扶俺到下面……」吉之助頂著冷汗說。

天色剛好全亮，從城山山腰往下望，曾爲薩摩藩主島津氏寓所的鶴丸城，以及神山櫻島盡收眼底。

眾人跌跌撞撞，好不容易撐到洞窟前。

「半次郎，東面……」

吉之助隨著半次郎的腳步停下，兩膝著地。

這是朝著御所的方向。

「先生……」

半次郎看著闔眼默念卻無力俯身的吉之助。

睜眼之際，暈眩感令吉之助往前一傾，半次郎及時從後抱住他。

「半次郎，俺們初次見面……還記得嗎？」

「絕對不會忘記……」半次郎強忍嗚咽，「面對俺手上的……一籃唐芋，先生……先生沒有絲毫厭惡，還……還欣然答應帶俺上京……」

吉之助破顏微笑。

「就讓俺那表情……永遠留在汝心中……」

「先生……」

半次郎把吉之助摟得更緊。

「希望彼倆也過得好……」吉之助仰面呢喃，接著望向別府，「晉介，就在這裡……」

別府三人濟然不懂如何應對。

「晉介……遵從先生吩咐……」

半次郎埋首於吉之助背中，支持他厚重的身軀。

吉之助對遠方的天皇俯首。別府高舉佩刀，擺出薩摩武士專屬的「蜻蛉」架式。

「先生，對不起——」

朝蒙恩遇夕焚坑，人世浮沉似晦明。

縱不回光葵向日，若無開運意推誠。
洛陽知己皆為鬼，南嶼俘囚獨竊生。
生何何疑天付與，願留魂魄護皇城。

——西鄉南洲[101]

雖是零時，但風清月朗，何如璋透過軍艦「海安號」的舷窗，還能清楚看到神戶港旁的一排西洋建築。

「日本果眞努力仿傚泰西。」

時年三十九歲的他，不久前獲朝廷委任爲駐日公使。

船隻泊岸，何如璋開始收拾細軟。

「何大人，有人求見。」門外傳來參贊[102]黃遵憲的低喚。

才剛到埗便有來客，何如璋心裡打了個問號。

「古森先生，你眞的侍奉過西鄉大人嗎？」

走過陸軍工兵營前的龍之口時，古森瞅一眼身旁新來的巡查。戊辰之役，這小子大抵只有八、九歲。

「啊。」

「那麼，西鄉大人戰敗，你會——」

---

101 「南洲」乃西鄉隆盛別名，這首漢詩著於文久二年流放沖永良部島期間，題為〈獄中有感〉。

102 駐外國大使館的顧問。

「沒甚麼。」

直截了當的回應頃刻堵住年輕人的嘴，他瞪眼望著古森蠟像般的側面，直嚥唾沫。

不過，走到工兵營旁邊的內務省，小夥子又耐不得寂靜。

「這個時候居然還亮著燈，時局果然不太穩定呢！」

大久保以為平定西南便一了百了，沒想到吉之助依然健在的傳聞四起，引得殘黨蠢蠢欲動。

「喂，你沿濠邊一直走到飯田町就回去，我到下方看看。」

「嗄？不是要一起……」

古森盯得年輕人全身起了疙瘩，對方只好憋著氣繼續前進。

「你為甚麼在這裡？」

藏身巷弄裡的煙渚扭頭一看，甚是訝異。

「古森先生……？」

「你不是應該陪著幸地親方嗎？」

煙渚無視古森的問題，反紅眼顫聲遞起手中物。

「這……是真的嗎？」

古森認出底下的，是近來風靡雲蒸的「首實檢」錦繪[103]。

煙渚握著的，是進齋年光的三連幅作品。畫中，吉之助、半次郎與村田的首級被捧到有栖川宮親王和山縣面前進行鑒定。

「畫師的創作我不清楚，但他倆的死是事實。」

103 又稱「浮世繪」，專指彩色印刷的木版畫。

煙渚的眼底終忍不住迸淚。

「你有參與嗎？」

「我為甚麼要去？」

「……」

「知道了眞相，你打算怎樣？」

「豈有此理！」

據黃遵憲〈續懷人詩〉（其十五）自注所述，與那原一見何如璋就伏地痛哭；然而，他操的是琉球語，根本是雞同鴨講，令何氏大為頭痛。與那原只得呈上尚泰的親筆密函，何如璋閱畢，怒不可遏。

「如此行為，簡直是背鄰交、斯弱國！」

由長崎上來，何氏一路沉浸在日本國內友好的氛圍中，不料對方竟背著清廷強取琉球。

「黃大人，請速到我國公使館找來翻譯，吾等必須替琉球想個法子。」

「是。」

安仁儘管沒聽懂漢語，仍能看出何如璋的態度，於是由衷代替與那原、代替琉球向其叩謝。

「告訴我你的意願。」古森再問一遍。

「殺了……把那傢伙，」煙渚抖動著脣瓣，「為了琉球……為了西鄉大人和桐野先生……」

古森吁一口氣，說：

「這時候正好。」

煙渚茫然舉頭。

「我差不多下班了，先帶你去拜會富川親方。」

近來無法深眠的富川很快被門外的低喚驚醒。

「煙渚？」障子門後是他難以置信的景象。

燭光清楚照出神勞形瘁的煙渚，富川也不好啓齒查問她擅離職守的原因。

「對不起，鄙人讓大人失望了。」煙渚拜手稽首道。

「是否在清國遇上麻煩？」

「說不上是麻煩，但清政府一直沒給予我等明確答覆。」

「那你爲了——」

「她知道池城親方病逝，忍不住就來了。」

煙渚眞有一刻懷疑自己是否腦溢血而出現幻聽。可惜，富川接下來的回應，表示古森的聲音委實傳入了兩人耳中。

「原來如此……」

每每想起，富川仍難掩傷痛。

「眞遺憾，池城親方的遺體不久前被運送回國了。」

「沒、沒關係……」

煙渚的頭重得不能仰起，肩膀也開始瑟縮。

富川看向古森，只見對方兩手貼著大腿，懇切朝自己俛首。

「古森先生！」

煙渚追上正要離開藩邸的他。

「還有件事……那個……」

古森不喜歡欲言又止。

「是櫻間的事？」

「嗯……」

「然後呢？」

「那件事之後，他怎樣？」

「被大久保調到警視廳，當川路的左右手。」

「警視廳？」煙渚瞪圓了眼，「那麼，西鄉大人……」

「沒有。」

古森就知道煙渚想甚麼。

「那傢伙本來要跟西鄉走，但反被勸服留在大久保身邊。可是，大久保總把他擱在一旁，不許他插手琉球和西鄉的事，甚至……」

古森蹙一下眉，驚覺自己成了那種討厭的人。

「你現在是負荊請罪，給我專心保護富川親方，別老是想些沒用的事！」說罷掉頭就走了。

嗖——

白刃折射的銀光彷彿爲了回應玉輪而生。

不管多賣力，古森的話還是揮之不去。煙渚能夠又似乎無法想像，吉之助和半次郎的死對辰央帶來多大打擊。

「煙渚。」

煙渚回顧遊廊，是安仁。昨夜，他跟與那原終於回到東京。

「這麼晚還練習，太勉強了！」

安仁走下庭院，把煙渚引到廊下，說：

「回來見到你，真的嚇了我一跳……」

「對不起，總讓你擔心。」

「不過也好……」

面對煙渚不解的表情，安仁匆促換個話題。

「對了，你在清國期間，身體如何？」

「嗯……挺好。」

煙渚緩緩移開視線。

「安仁先生，我到這裡來，其實並非收到池城親方的死訊，而是……」

安仁一手按到煙渚頭上，展露久違的笑容。

「不用解釋了，只要明天安全將富川親方送到領使館便行。」

將問題國際化——這是何如璋想到讓琉球脫險的方法。

積極拉攏泰西各國的明治政府，竟要求琉球交出與英、美、荷三國簽訂的條約。何氏相信三方若得悉外交受到干涉，絕不會袖手旁觀。

「大久保大人，早晨。」

古森一早頂著微雨，叼著煙管，在霞關三年町的大久保邸外等候。

「是汝？」

大久保冷冷一瞥對自己折腰的古森。

「沒要事的話就回去，俺趕著到御所覲見陛下。」

「是琉球藩的事。」

大久保收回那隻剛觸及馬車踏板的腳掌，折頸望向這個似乎可有可無的男人。

古森反衝他一笑，道：

「閣下是否願意讓我送你一程？」

嘚咕噔嘚嘚咯噔嘚嘚咕噔咯噔——

不僅馬蹄與車輪的聲響，對面而坐的大久保和古森的眼光也交疊著。

「汝曾是吉之助的人，應該恨死俺吧？」

「爲甚麼所有人都覺得我會爲他的死而不快？」古森搔搔頭，「我在西鄉底下辦事的日子，比櫻間和桐野兩個小子更長，只因爲我非薩摩人，西鄉從未想過提拔我。」

他再伸伸腰，補充說：

「當然，薩摩是個強藩，黏著她倒也不錯。」

「說吧！琉球藩的事。」

「大人眞性急呢！」

古森咧嘴而笑，弄得大久保的眉頭很不爽。

「手先[104]可是我的老本行，沒有利益的事，我絕不幹。」

「哼，那就要看汝的消息值不值得。」

古森往前一傾。

「泉山回來了。」

大久保驚訝得眼眶差點裂開。

---

104 正稱為「小者」，一般稱為「岡引」，又稱「御用聞」或「目明」，江戶時代的非正規捕吏，聽從同心差遣，多作為共犯告密，從中取得利益。

「她今天會護送那些琉官到各國領使館，抗議我國侵佔琉球。」
「可惡！」
古森靠回椅背，欣賞著大久保切齒痛恨的表情。
「汝先下車，俺要去內務省。」
「是。」
「太郎，停車！」
古森半站起來。
車夫太郎吁的一聲，同時拉扯轠繩。
「嘶——」馬車登時剎住。
「咕……」
熾熱的濃液順著沁涼的銀針淙淙而下。
「不好意思，大久保大人，還有一件重要的事沒向你稟報。」
古森俯視大久保那雙愈益失焦的瞳孔，再輕輕將呼吸和聲音送入其耳門。
「我也是……琉、球、人。」
古森踩著腳踏，下了車，笑著對馬背上的太郎頷頤。太郎咋的一聲，同時舞動轠繩，車輪更復運轉。
「到底是怎麼回事？」
面對不應於此時出現在警視廳的辰央，川路毫不感到驚訝。與其說川路極力保持冷靜，不如說他的力氣被工作磨耗得差不多了。
「汝指的是甚麼？」

「全部！」辰央趨步至案前，「爲甚麼不告訴我攻打鹿兒島的事？爲甚麼大久保大人會被殺？」

嘭！

拳頭失控揮向桌面，它的主人也崩潰了。

「爲……甚麼……？」

川路兩手托額。

「西鄉大人的事，大久保大人大概怕汝爲難，所以故意隱瞞。至於彼本人的事……」

警部巡查接報到場，看見前腿受傷的馬跪坐著，車夫太郎倒於血泊之中。躺在馬車左側的大久保，全身共有十六處刀傷，顱骨外露，面目模糊。

沒多久，石川縣士族長連豪、島田一郎、松村文一、脇田功一、杉本乙菊，以及島根縣士族淺井壽篤，身穿五所紋黑羽織，攜持斬姦狀，到麴町警視出張所自首，時間猶如飛返幕末。

六人決意對大久保進行「天誅」的理由有五：一、打壓民權，以權謀私；二、法令謾施，朝令夕改；三、大興土木，浪費公帑；四、殘害忠良，釀成內亂；五、對外條約，損害國威。不過，最大原因該是第四項，因爲六人去年曾參與鹿兒島戰役。

「可惡……」

辰央帶淚握緊斬姦狀，似是要把一切通通捏碎。

「櫻間君，讓彼倆的恩怨到此爲止吧。」

曾受吉之助和大久保恩惠的川路也是無可奈何。

「俺將到歐洲考察，汝若眞的在意，就隨松田大人到琉球，竭力完成大久保大人的遺願。」

由於琉球之事於西方列強前曝了光，三條於是命令松田先將與那原一行押返琉球，並向尙弼宣讀「督責書」，指琉方沒有履行與清國斷絕關係之責。可是，尙泰拒絕按日方要求提交「遵奉書」，以白紙黑字承諾中止朝貢清國，令松田憤然回京。結果，三條向內務省下達命令，實施琉球處分。

明治十二年三月十二日午後四時，松田以處分官身分，帶同三十二名內務省人員、一百六十多名巡查，由橫濱港出發，兩日後到達神戶港。十六日，松田一眾轉乘「新潟丸」，朝鹿兒島港進發。

「眾將聽令！」

軍艦駛至四國附近，松田開始宣布處分概要。

「爲免洩漏消息，全員不得與家中通信。實施處分期間，若有謀反兇暴行爲，可加以逮捕，或與分營商議使用武力，並根據情況採取相應行動。」

「是！」

雄心勃勃的附和下，惟獨辰央閉口不語。

金光照落甲板，溫熱了他手裡的「薩摩琉球國」勛章，高低不平的稜角扎紅了掌心。

（大久保大人，到此爲止吧……）

在鹿兒島會合熊本鎮臺分遣隊約四百人後，松田三度長驅琉球。

終章・歸去來兮

銜著煙管的古森坐在煙草盆前，與龜川凝望著於前院揮刀的煙渚。

「這丫頭老是讓人費心。」龜川似是自言自語地說。

古森吐一口白霧。

「的確，從認識她開始，一直沒變。」

「多虧你帶她回來，否則她又不知會在大和闖甚麼禍。」

「沒甚麼，能彌補就好。」古森磕一下煙袋鍋。

「我去弄點吃的。」

龜川說畢便朝台所去，煙渚也結束練習，返回廊下歇息。

「你的臉色不太好。」

聽見古森的話，煙渚連忙擦擦臉，應道：

「只是天氣太熱……」

古森繼續噴雲。

「古森先生，」煙渚回頭正視對方，「是你殺了大久保？」

輕煙遮蔽了古森的眼睛。

「我爲甚麼要這樣做？」

「因爲……你問過我想怎樣……」

「我爲甚麼要爲你這樣做？」

「……」

確實，煙渚認識的古森應該不會爲他人所動。

「安仁，怎麼了？」

兩人應龜川的喊聲衝出前院，只見安仁跪在地上猛咳，辛苦得吐不出半個字。古森立馬打來一桶水，讓他喝下去。

「安仁先生，到底發生甚麼事？」煙渚撫著他的背問。

「松田……」

「又來了？」

安仁猛地點頭，咳了兩下，竭力說：

「松田的幾艘軍艦……昨、昨晚駛進那霸港……粗略估計，有……有千個巡查和士兵！」

面臨大軍壓境，首里和那霸的平民紛紛逃往山上避難。

慶長之役要重演嗎？

這個問題，此刻懸在每一個琉球人心上。

「所有內務屬官現兼任沖繩縣御用掛，隨木梨少書記到出張所上任。」

翌朝，松田就著手派遣任務。

「園田警視補，你負責設置警視署及分配巡查崗位，加緊取締。」

各人收到指示，立即動身。

「櫻間君，明天跟我入城。」

松田望著辰央漸漸抬起的眼眸，囑咐道：

「但謹記自己的身分，就算遇上認識的人。」

「是……」辰央又若有所思地低下頭去。

晨光乍現，松田率隊肆無忌憚地穿過奉神門的中門，直踩進御書院。

上座的松田朝下方的藩王代理尚弼、三司官及一眾琉官，宣讀政府發出的御達書。

「一、即日廢止琉球藩，設置沖繩縣；二、藩王尚泰必須交出全部土地、人民及官方文書，並當即責令藩吏作嚮導，由隨行人員加封和監管；三、藩王尚泰先行退出首里王府，暫遷入中城王子尚典宅邸，擇日移居東京。」

「怎、怎可以這樣？」浦添率先抗議，「政府不是說過『國體、政體永久不相替』嗎？怎能出爾反爾？」

一個警官想要拔刀，辰央即攔下他。

松田走下臺階，逼視浦添，說：

「浦添親方，我國政府有令，藩王、藩吏若違抗指令，本官有權將其拘留。」

殿上琉官個個咬牙切齒，然手無寸鐵的小國又能怎樣？

火燒眼眉，煙渚等齊集龜川邸商討對策。

「老夫已跟天界寺的首里士族聯署抗議合併，陛下亦下旨堅拒服從大和。」

龜川先報上王府消息，再道：

「吾孫盛棟剛從福州回來，指清國有望派出援兵。」

「大和人封鎖了各個城門，沒有證件者不得通行。」大禎補充說。

「陛下呢？」古森朝以正一問。

「恐怕會被趕出王府。」

煙渚一把抓起刀，教身旁的安仁大驚。

「你要去哪兒？」

「入城！」

「我們也去！」湖城兄弟皆仗刀持槍。

「冷靜點！」龜川大喊，「盲目行事只會爲大和人增添出兵藉口。」

「他們的目的還不夠明顯嗎？」煙渚反問，「龜川親方，當初要師父延續先輩志向的不是你嗎？」

煙渚自小從萬武佐口中，聽過不下百次他的祖先謝名親方利山（鄭迵）的豐功偉績。貴爲閩人三十六姓的後裔，加上曾留學國子監，三司官謝名自然是不折不扣的親明派。萬曆三十七年（慶長十四年），薩摩藩入侵琉球，他奉命到那霸港抵禦登陸的薩軍，無奈在勢單力薄的因素下，終與尚寧王等貴族一同遭擄到薩州囚禁。慶長之役發生後兩年，薩摩藩主島津忠恆向尚寧發布臣服幕府的「掟十五條」。謝名因不肯簽署表示遵奉條約的起請文，在同日午後四時獲處斬首之刑。據《蔡氏家譜》記載，謝名臨終前，尚寧曾慨嘆無人替代他的法司位置。

謝名的捨身過程後來更被神化爲：施行烹刑時，精通唐手的他把兩個薩兵扯到油鍋裡陪葬。據說，琉球王室的三巴紋章就有紀念謝名爲國犧牲之意。

可是，如斯美好的形象僅限於鄭氏一族和後世平反者，時人倒認爲謝名的反抗加速了薩摩對琉球的控制，他才是招來國難的元兇。

乘夜幕降下，煙渚、安仁、以正和大禎竄伏到靠近守禮門[105]的山坡。

---

105 首里王府正門之一，原名「上之綾門」，乃中國風牌樓，建於尚清王時代，為迎接中國冊封使之用，「守禮之邦」匾額由明神宗下賜。

煙渚眺視懸掛牌樓正中的「守禮之邦」匾額。

（守禮又如何？）

「煙渚，你打算在此伏擊大和人？」大禎問。

「兩位大人，出師無名確實會陷陛下於不義。我和安仁先生就埋伏此處，請你們分別到久慶門和右掖門。如大和人對陛下不利，請全力護駕。」

「好，你倆也要小心。」

湖城兄弟與安仁抱拳告辭，煙渚也含首拜別。

另一邊廂的御書院，富川和與那原正盡最後努力阻止松田。

「命令日前已下，藩王今天必須退城！」

「陛下健康趨壞，懇請閣下暫緩退城一事。」與那原求道。

「哼！要暫緩到甚麼時候？」

「十日，先讓陛下休養十日再作決定。」

「十日？你們到底有何目的？莫非清兵將至？」

富川上前直視松田。

「我等作為臣子，只求吾王聖體安泰，為何松田大人無法理解？」

松田深呼一口，稍微平靜下來，問：

「藩王所得何病？」

「……心病。」

「甚麼？」

松田冷笑一聲，胸中火苗重燃。

「神經病豈能於十日內痊癒！」

邉論與那原和富川，一旁的辰央亦認爲松田之言失禮至極。

「兩位親方，琉球上下要是堅持強頑不順，只會招來苦果。」松田揮一揮手，「議論到此爲至，請藩王即時退城！」

煙渚和安仁的雙眼沒敢離開守禮門。

「安仁先生，清政府眞的會派兵來嗎？」

「幸地親方去了這麼久，連半點風聲都沒有，清國大概放棄了我們……」

雖是明知故問，煙渚聽到答案還是不好受。

「煙渚，答應我，琉球若被大和人攻陷，你便找機會逃回清國。」

「安仁先生，別開玩笑——」

「殊！」安仁忽而把食指湊到嘴邊。

沸騰的哭喊聲隱約傳來，他倆瞭望左側的歡會門，驚見數百官吏和內宮圍著駕輿，在點點火光與日軍監督下向守禮門推進。

「可惡，竟敢如此對待陛下！」

「安仁先生……」

煙渚看見了，那個走在松田坐騎前面的人。

「櫻……間……」

「甚麼？」

松田收緊韁繩，朝著呆望山上的辰央，問：

「櫻間君，怎麼了？」

「沒、沒甚麼……」

臥病的尚泰被迫離開王城不久，參謀益滿大尉便率領分遣隊駐軍，首里王府正式落入日本手中。松田以明治政府名義，向全國宣布改琉球爲沖繩縣，並由前肥前鹿島藩主鍋島直彬擔當第一任沖繩縣知事。

「松田大人，恕吾等無法接受閣下的委任！」

與那原中午與浦添、富川等來到內務省出張所。

日前，松田對琉球藩廳下令，任命浦添和富川擔任縣廳顧問，伊野波親方、天久親雲上、富村親雲上與伊江親雲上爲縣廳御用掛。

「閣下邊漠視琉球上下的意願，邊要求我等服從閣下的命令，簡直無理！」

眾人齊聲附和富川的話。

「無所謂！」

松田突然大喊，讓一眾琉官靜止下來。

「廢藩乃不爭的事實，諸位的官階跟琉球藩早成歷史。既然各位無心戀位，本官亦不會勉強。」

其實，不單與那原他們，首里、那霸、久米、泊村，以及其他間切的地方官員，也相繼拒絕接收松田的任命書，要求保持琉球王位。松田對於全國的不合作舉動，早到達忍無可忍的地步。

「諸位之職將由我方委人接任。」

松田又瞋目翻身，說：

「與那原親方，請致力準備舊藩王上京之事。」接著拂袖而去。

辰央走了兩步，不由自主停在與那原面前。

「親方，我……」

「櫻間大人，」與那原無力地正視辰央，「我倆……無話可說。」

安仁從龜川邸主屋，望著坐在客室門邊沉思的煙渚。

「你認爲那丫頭會怎麼辦？」

安仁磨頭一看，是古森。

「這不好說……」

其實古森同樣沒甚把握。

琉球一直以病爲由，拒絕讓尙泰上京，明治政府遂應松田要求，派遣朝廷內敕使富小路敬直到那霸慰問。與松田屢戰不果的琉官，只得將希望寄託於第三者身上。

據日方文書紀錄，富小路在尙典邸看見的尙泰，蓬頭垢面、神色呆滯、骨瘦如柴，說起話來更有點口吃，需由與那原代爲回話。

「富小路大人，舊藩王的病情，相信閣下經已證實，懇請貴政府再三考慮吾等的要求。」

尙弼連同浦添等二十一位琉官來到出張所，呈上百多名王族及士族的聯署信，請求讓尙典代替尙泰進京。

「批准。」

松田對於富小路的爽快回應，僅抱著胸，沒哼一聲。

「有點不妥……」

龜川聽畢以正送到其宅的消息，撫著鬍子說。

「大和人到底在打甚麼算盤？」

在大和打滾多年的古森，一時三刻也洞悉不了對方的想法。

「龜川親方！」

安仁和煙渚一臉驚慌的跑回來。

「剛才，大量巡查和步兵分批在那霸港出發，疑似前往各島！」

恐懼霎時籠罩全屋。

龜川一聲令下：

「安仁，立刻派人前往石垣和八重山，聯絡當地代表！還有，必須聯絡上宮古島的仲村親雲上！」

松田登陸琉球後，宮古島在番仲村親雲上便召集島上士族和百姓，共同簽署血判誓文，誓死抵抗大和。

根據〈連名血判誓約書〉規定：

凡因抵制大和而遭殺害者，其妻兒由同村聯署者共同撫養，違約者斬首，其親族全部處以流刑。

儘管如此，懂得審時度勢的大有人在。

由富小路帶走尚典那刻，琉球徹底落入日本的圈套。

明治政府不但不准尚泰延緩進京，更軟禁尚典，並指令松田按原定方針行事。富小路之所以答允琉方的請求，不過怕尚泰一旦嚥氣，尚典會被推上王位，這樣琉球問題便沒完沒了；倒不如先斷其後路，免除後患。加上，多一個人質在手，百利而無一害。

明治十二年五月二十七日，天色既明，霧團卻久久不散。

精神萎靡的尚泰乘著長捧駕輿，在數十從者前後簇擁和大批官兵押解下，到達那霸港，準備登上郵便船「東海丸」到東京。

十多艘登船小艇在港邊久候多時。

「請尚泰候登舟！」

駕輿的綢幕掀起之際，一道刀光從後閃出。

「稍等，保護大人！」辰央舉手大喊。

松田的坐騎瞬間被團團圍住。

辰央奪去其中一個步兵的提燈，邊前行，邊喚：

「在下乃鹿兒島縣士族櫻間辰央，請閣下報上名來。」

「是我，櫻間先生……」

這聲音教辰央驚愕得止步不前，直至煙渚的身影完全露出。

「泉……山……」

懸空的衣袖如利刃刺中辰央的心臟，逼得他挪開視線。

「你不看著我，怎樣作戰？」

「我……」

「你還爲砍斷我手臂的事而自責嗎？」

「……」

「我說過，無論發生甚麼事，你都要堅持信念吧？我是來討回陛下的，請你拔刀吧！」

煙渚側身收肩，擺出平睛架勢。

「泉山，我……」

嗖——

辰央側身一閃，手中燈籠即分成兩半，在地上自焚起來。

匡！

煙渚再扭腰橫砍，辰央旋即抽刀擋開，卻避不過她緊接的迴旋腿。

「嗚！」

辰央翻滾了一圈，單膝著地，吐出血來。

見煙渚朝松田移步，馬前的步兵立刻舉槍。

「等等！」

辰央大喝一聲。

「沒錯……我說過，要結束一切……」然後站起來，舉刀過頭，擺出蜻蛉架式，「來吧。」

煙渚回頭一笑，繼而橫刀收肩，往前一踏。

砰！

不消一刻，煙渚隨著巨響，與萬武佐的長刀一同倒臥地上。

「泉……山？」

辰央蹣跚走了幾步，一個腿軟跪在煙渚跟前。

「離開……陛……下……」

「泉山……」辰央探手至煙渚背上，偏偏模糊的眼光讓人尋不著碧血的泉源。「對不……對不起……」

「此人到底是誰？」

松田向守在駕輿一側的與那原怒吼。

「謝名利山後人鄭覺的徒弟……」

「謝……名啊……」駕輿裡隱約傳出痛惜。

煩躁直衝上松田心頭。

縱然部分琉球人認爲謝名乃招致慶長之役的元兇，但也不乏視他爲救國英雄的頑固派。群情激憤的局勢下，要是與謝名相關者被殺的消息傳出，必定惹來更大反抗。

「割下她的首級帶走！」
松田的指令一下，方才開槍擊傷煙渚的步兵便邁開腳步。
「休想！」
大禎和以正持刀撲到煙渚面前，力阻步兵前進。
「泉山……泉……」
「夠了，」隨後趕來的古森撥開辰央的手，「放她走吧。」
氣若游絲的煙渚在安仁和古森肩上漸趨沉重，而留在辰央身邊的，惟獨那把永遠離鞘的無銘長刀。
煙渚躺在安仁懷裡，乘著一片湛藍，緩緩飄向清國。
「早跟你說過，不要逞強。」
「安仁……先生……」
「很快就到，別睡了。」
「沖……田……先生……」
安仁接過煙渚手中那根銀簪，含淚莞爾。
「放心，你倆一定會重遇，一定……」
亡國的消息送到福州，幸地、名城即剃髮易服，一面逃避日本人追殺，一面趕赴天津，向李鴻章、向滿清政府提出最後請願。

一八七九年——

與那原親方良傑（馬兼才）陪同尚泰渡日，一直擔任尚家家令，與浦添、富川、幸地等保持聯繫，以期復國，後來因病請辭，返回沖繩。

一八八〇年——

八月十八日，中日雙方在美國公使葛蘭特斡旋下，就「琉球三分割案」（奄美諸島歸日本、沖繩本島還琉球、宮古島與八重山予清國）正式進行交涉，但日方堅持「琉球二分割案」（沖繩本島以北歸日本、宮古島及八重山歸清國）。

十月二十一日，日清兩國就琉球問題進行第九次交涉，國勢不穩的中國決意讓步，「琉球二分割案」達成。在清琉球使節團強烈反對議決，並向清政府要求回復琉球全國。

十一月十三日，龜川親方盛武（毛允良）因受嫡孫龜川里主盛棟（毛有慶）散布清兵駐琉謠言的影響，遭沖繩縣警署逮捕並拷問，獲釋後不久虛弱致死。

十一月二十日，名城里之子親雲上春傍（林世功）於總理衙門外自刃，以死反對「二分割案」，留下絕命詩兩首。

古來忠孝幾人全，憂國思家已五年。
一死猶期存社稷，高堂專賴弟兄賢。

廿年定省半違親，自認乾坤一罪人。
老淚憶兒雙白髮，又聞噩耗更傷神。

一八八二年——

二月，山奉行筆者富名腰親雲上朝衛、御近習筆者與那嶺筑登之真雄自琉球脫出。

四月，富川親方盛奎（毛鳳來）跟國場親雲上大業渡清，持續向中國政府上書，最後於一八九零年客死福州。同月，湖城里之子以恭、國吉里之子蒲戶、阿波連親雲上承陰，加上舊取納奉行國頭親雲上必達等五人，在清國完成復國請願。

一八八三年——

一月六日，被迫擔任沖繩縣顧問的浦添親方朝昭（向居謙）於首里逝世。

九月，以前御物奉行浦添親方朝忠（向有德）、富盛親方朝直、澤岻親方安本（金培義）為中心的四十三人脫出琉球。

一八八四年——

三月，尚典歸國，仲本親雲上進輝、幸地里之子源財等五人脫清。

四月，宜野座朝義等七人脫清。

七月，尚泰回到琉球，向琉球人民發布「諭達」，表達對日本的忠誠，以及責難抗日復國運動。日本政府表明，「琉球抗日復國運動」參與者為「國事犯」。即使如此，津嘉山親方朝助（向龍光）繼續擔任運動指導者。

八月，幸地朝端等七人逃往清國。

十一月一日，龜川盛棟（毛有慶）、富濱親雲上宗才、與座兆麟等，一個接一個受津嘉山親方的指示，攜同密令逃到清國，為復國於北京、天津、福州奔走。

一八八五年——

五月，津嘉山親方與次子津嘉山朝克（向廷選）一同脫走清國。

一八九一年——

五月二十四日，與清朝交涉多年、堅拒回國的幸地親方朝常（向德宏）於福州離世。

截至上世紀，琉球復國的呼聲猶存。

◎　◎　◎

隆冬環抱下的東京白得刺眼。

專稱寺的主持提著鐵鏟，走出玄關，門外佇立著一個旅人。

「請問沖田總司的墓是否在此？」

「施主是……？」

主持的語氣和目光同樣遲疑。

「我是前新選組隊士，希望給沖田隊長上炷香。」

男人撥去墓碑上的雪，發現所刻的名字乃「沖田宗治郎」。

儘管新選組釋祛了逆黨之名，沖田家的人仍不敢放鬆。

雪屑逐漸褪下，墓碑底部泛起一層藍，附著點點殘紅與斑白。

「施主，」主持鑽進墓園，「請到屋內暖暖身……」

然而，男子已消失無蹤。

首束曙光破雲而出，照落總司的墓上，與置頂的銀光相互呼應。

——完

後記

大家好，我是壬生狐，謝謝您閱讀我的首部作品《球陽》！

開始寫《球陽》的時候，我剛換了工作，說忙不算忙，說閒也不算閒，但就覺得生活有點空洞。偶然間，我看到一個講述琉球王國如何被日本吞併的歷史節目。說來慚愧，我當時才知道沖繩原本是一個叫「琉球」的國家，而非日本固有領土。不知著了甚麼魔，我忽然很想寫一個關於琉球的故事，想以另一種方式讓人認識這段歷史的輪廓。（當然，不是每個人都像我一樣無知……）

我小時候經常寫故事，可到了中學、大學，只會寫作業、寫論文。我曾經想當學者，但參加過幾場研討會，出版過一篇半篇論文，終於發現自己「誤入歧途」。（好了，我承認是資質問題啦！）偶然間，有一位朋友跟我說：「不如你去寫小說吧！說不定會大賣！」先作利益申報，這位朋友從來沒有看過我寫的東西，他所以會有這種提議，全因爲當時某本方向小說賣得很火。說實在，那本小說不是我杯茶，我也不是它的茶包，泡不出那種味道。不過，這位朋友的一句話，勾回了我從前的嗜好，填補了我生活的空隙。

既然有了動機，有了對象，那就動筆（手指）吧！經過了一年多，《球陽》的雛型終於誕生，後來還被改了七、八、九、十次。我拿這部作品投過輕小說比賽，落選感覺是理所當然，因爲我寫的明明是一段沉重的歷史，一點都不「輕」啊！出版社嘛，我也投過幾家，都遭回絕說口味不對。氣餒之際，偶然間，我在網路上看到一封帖文，樓主說自己的作品非主流，不知道該投到哪裡去，於是有人回答：「秀威」。「我們不願意對題材與形式設限」，從徵稿頁面上看到這句話時，我決定再試一次，慶幸最終收到令人鼓舞的回覆。

在此再度感謝秀威和我的責編仕翰先生！

就是這樣，偶然＋偶然＋偶然＝《球陽》。
請多多指教！

語言文學類　PG1953　SHOW小說35

球陽

作　　者 / 壬生狐
責任編輯 / 洪仕翰
圖文排版 / 周妤靜
封面設計 / 葉力安

發 行 人 / 宋政坤
法律顧問 / 毛國樑　律師
出版發行 / 秀威資訊科技股份有限公司
114台北市內湖區瑞光路76巷65號1樓
電話：+886-2-2796-3638　傳真：+886-2-2796-1377
http://www.showwe.com.tw
劃撥帳號 / 19563868　戶名：秀威資訊科技股份有限公司
讀者服務信箱：service@showwe.com.tw
展售門市 / 國家書店（松江門市）
104台北市中山區松江路209號1樓
電話：+886-2-2518-0207　傳真：+886-2-2518-0778
網路訂購 / 秀威網路書店：https://store.showwe.tw
國家網路書店：https://www.govbooks.com.tw

2018年4月　BOD一版
定價：370元

國家圖書館出版品預行編目

球陽 / 壬生狐著. -- 一版. -- 臺北市 : 秀威資訊
科技, 2018.04
面； 公分. -- (語言文學類 ; PG1953)(SHOW
小說 ; 35)
BOD版
ISBN 978-986-326-547-4(平裝)

857.7 107004636

讀者回函卡

感謝您購買本書，為提升服務品質，請填妥以下資料，將讀者回函卡直接寄回或傳真本公司，收到您的寶貴意見後，我們會收藏記錄及檢討，謝謝！
如您需要了解本公司最新出版書目、購書優惠或企劃活動，歡迎您上網查詢或下載相關資料：http:// www.showwe.com.tw

您購買的書名：______________________________

出生日期：________年________月________日

學歷：□高中（含）以下　□大專　□研究所（含）以上

職業：□製造業　□金融業　□資訊業　□軍警　□傳播業　□自由業
　　　□服務業　□公務員　□教職　□學生　□家管　□其它_____

購書地點：□網路書店　□實體書店　□書展　□郵購　□贈閱　□其他

您從何得知本書的消息？
□網路書店　□實體書店　□網路搜尋　□電子報　□書訊　□雜誌
□傳播媒體　□親友推薦　□網站推薦　□部落格　□其他__________

您對本書的評價：（請填代號　1.非常滿意　2.滿意　3.尚可　4.再改進）
封面設計____　版面編排____　內容____　文／譯筆____　價格____

讀完書後您覺得：
□很有收穫　□有收穫　□收穫不多　□沒收穫

對我們的建議：______________________________

____

____

____

請貼
郵票

11466
台北市內湖區瑞光路 76 巷 65 號 1 樓
秀威資訊科技股份有限公司 收
BOD 數位出版事業部

（請沿線對折寄回，謝謝！）

姓　　名：________________ 年齡：________ 性別：□女　□男

郵遞區號：□□□□□

地　　址：____

聯絡電話：(日) ________________ (夜) ________________

E-mail：____